m.r.s.

Self-published

©2015

Nach ein paar Jahren Pause vom Text mit ganz normaler Arbeit begann es eines Tages wieder wie von selbst. Am Anfang eine wieder entdeckte Leidenschaft, dann schnell eine Sucht. Zunächst bezog sich die Sucht einzig auf das Führen von Tagebüchern und Journalen. Immer öfter ergaben sich Perspektiven und Räume. Es reihten sich Notate an Notate, Beobachtungen an Beobachtungen, Einträge an Einträge. Aus vielen unabhängigen Textfragmenten entstanden plötzlich Ideen und vor allem Themen. Eine Werkschau dieser ausgearbeiteten Texte liegt nun in diesem leidenschaftlichen Buch vor.

„Fortwährend Projekte zu machen, bedeutet bewusst fragmentarisch zu leben."

(Stephan Porombka; 'Schreiben unter Strom'; Duden – kreatives Schreiben)

Michael Roland Sauer, geboren 1966 in einem verschlafenen, südniedersächsischem Dörfchens namens Kloster Oesede, zur Zeit Patchworker mit drei Söhnen, Medien- & Sozialpädagoge, freier Autor und Dozent für autobiografisches Schreiben. Sauer war zwischen 2001 und 2007 als Liveliterat, Poetry Slamer und Literaturveranstalter in der Republik unterwegs, prägte als ein Urgestein den Beginn der Bewegung im nord-west-deutschen Raum Er selbst, qualifizierte sich 2003/04 und 05 für den 'German National Poetry Slam' und veröffentlichte in verschiedenen Antologien und Zeitschriften, war neben Andreas Weber Mitgbegründer und Herausgeber des Szene-Magazins 'Zettelwirtschaft' in Münster..

Michael Roland Sauer

***Die Liebe
in Zeiten
gepflasterter Hofeinfahrten***

Geschichten &
Erzählungen

SELFPUBLISH 2015

Erschienen im Selbstverlag
bei Books on Demand

Dezember 2015

Alle Rechte beim Autor
michael.roland.sauer

Herstellung und Verlag
BoD – Books on Demand
Norderstedt

ISBN 978-3-7392-1590-7

Für:

Micha, Frodo, Elki und Andreas,
die mir das Gefühl gaben,
dieses Buch könnte
Sinn machen.

Inhalt

Herr Schuhm 9

Medienkunst im Tiefenrausch 17

Hummeltod 27

Plastizierte Gegenwart
im Altenheim 33

Fischkontor 43

Holographische
Gartenparty 49

Nackt vorm Spiegel 65

Nächtliche Hunderunde 79

Die seltsame Geschichte des
Karosseriebauers Thorsten Müller 87

Biographische Notate
eines notorischen Pimmellanten 127

Weder Himmel
noch Hölle 147

Herr Schuhm

Herr Schuhm ist weit mehr das, was man einen Greis nennt, als das, was man mit einem Mann in den besten Jahren bezeichnet.

Es ist halb sieben am Abend und Herr Schuhm befindet sich in dem Badezimmer seiner Zwei-Raum-Wohnung mit Küche und Bad, ohne Balkon, im ersten Stock eines Mehrfamilienhauses, an einer zweispurigen Straße, im äußeren Kreis der Innenstadt, einer mittelgroßen Stadt in Niedersachsen.

Das Badezimmer ist ein länglicher Raum mit einer weißen Kloschüssel, gegenüber einer weiß lackierten Holztür, helle, aquamarinblaue Fliesen bis zur Decke. Zur Rechten der Tür befindet sich eine Badewanne, hellbraun, mit einem leichten Stich ins rötliche, emaillierte Armaturen. Über der Badewanne befindet sich eine Reihe Fliesen, die exakt in der Mitte mit einem Abziehbild geschmückt sind. Variationen stilisierter, chrysanthemenartiger Blüten, deren Farben an die 70er Jahre erinnern. Damals, eine Werbeaktion auf der Rückseite eines Spülmittels namens Pril.

Es riecht - ohne eine Spur von Exotik - ausschließlich nach reiner Citrusfrische.

Man hört das ungleichmäßige Brummen eines elektrischen Rasierapparates und das Knistern beharrlicher Stoppeln eines ehrwürdigen Bartwuchses.

Alles wirkt ordentlich und angefüllt mit Zeit.

Zeit, deren Tempo im Leben des Herrn Schuhm in den letzten Jahren deutlich nachgelassen hat.

Herr Schuhm macht sich fein. Er bezeichnet es als „fertig machen". Fertig und fein für den kurzen Abend. Er summt eine Melodie. Eine Melodie, die einen wehmütig an die Ferne erinnert, die gleichzeitig irgendwo existiert.

Herr Schuhm verlässt das Bad um viertel vor sieben. Er ist bekleidet mit einer braunen Kordhose, einem rosa Hemd (Kaufhof 1980 / Restposten / breiter Kragen) und einer dunkelgrünen Strickjacke mit V-Ausschnitt. (Leffers / 1985 / Vierunddreißig neunzig).

Ihm ist nicht bewusst, dass die Strickjacke mehr als 20 Jahre alt ist, denn für ihn ist es immer noch seine 'neue' Hausjacke.

Er summt immer noch die wehmütige Melodie, als er um zwölf vor sieben an das

Fenster seines Wohnzimmers tritt und auf die Straße blickt, eine belebte Straße:

Callshops, Biobäcker, Second-Hand-Spielwaren, Handy-Shop, Deutsche Bank, Samen- und Tierhandel, Reisebüro, Spielothek, Computerhandel, Busse, Autos, hektische Menschen, bunte Menschen, viele, die Herrn Schuhm fremd vorkommen, alte Menschen, sehr alte Menschen, junge Menschen, ein kleiner Junge auf einem silbernen Roller, ein entspannt schlendernder Mann, eine hektische, viel zu dünne Frau im Kostüm und in einer hüftlangen, gesteppten, schwarzen Jacke, klack, klack, klack, noch ein Mann, noch eine Frau, ein Paar. Sie bleiben stehen. Der Mann und die Frau, sie küssen sich.

Er, der Mann, studiert Mathematik und Physik auf Lehramt an Gymnasien. Sie, die Frau bedient in einer Kneipe, neben einem Kino. - Sie ist schwanger. Sie werden das Kind „Malte" nennen und heiraten. Er wird mit einem Freund betrunken einer dummen Idee folgen und kurz nach dem Studium einen Überfall auf einen Geldtransporter begehen. Dabei wird ein Unfall passieren und sein Freund wird von dem Wachpersonal getötet werden. Darüber wird er nicht hinwegkommen und anfangen zu trinken. Zwölf Jahre später werden er und die Frau auf dem Gehsteig sich trennen. Jetzt aber, jetzt küsst er sie. Die Frau in die er sich vor vierzehn Tagen verliebt hat, in der Kneipe neben dem Kino.

Küsst sie auf der Straße gegenüber dem Fenster von Herrn Schuhm. Es ist zehn vor sieben.

Die meisten Küsse im Leben des Herrn Schuhm würde er selbst als „flüchtig" bezeichnen und „vergänglich" damit meinen. Es waren nicht unbedingt wenige Küsse, aber nur wenige Frauen, an die er sein Herz vergeben hatte. Herr Schuhm hat gern geküsst und konnte es wohl gut, sagten sie, die wenigen Geküssten.

Zwei Küsse sind Herrn Schuhm bei all den „flüchtigen" geblieben. Sein erster Kuss und der letzte. Den letzten Kuss gab er Frau Schuhm, vor vierzehn Jahren. Als Herr Schuhm ein Mann im besten Alter war und sie schon mal vorgegangen ist.

Von seinem ersten Kuss ist ihm nur eine Melodie geblieben, die, welche er gerade summt. Es ist sieben vor sieben und Herr Schuhm setzt sich in einen dunkelbraunen Ledersessel mit Kopfstütze.

Nicht mal an den Namen des Mädchens seines ersten Kusses kann er sich mehr erinnern. Marie oder Marianne, Marion, Marina, Mareike, Marlies - oder Melanie, Miriam, Mia, Monika, Mechthild oder doch Maria. Er weiß es nicht. Was ihm geblieben ist, ist einzig das „M", aus dem sich herrlich diese Melodie formen lässt, die sie beide damals durchdrang, weitab vom Festplatz. Weitab, aber nah genug, um diese Musik zu hören.

Herr Schuhm kannte den Titel des Musikstücks – damals - nicht und er wird ihn auch für immer nicht kennen.

In seinem Kopf hat sich die Melodie in den Jahrzehnten soweit von seiner ursprünglichen Abfolge der einzelnen Töne entfernt, das sie nichts mehr mit ihrem Ursprung zu tun hat. (Aus C-D-F-A-G ist Fes-Dis-ais-As-Ges geworden.) Aber sie war immer noch da, die Melodie. Sie war immer noch da und sie war seine, - seine Melodie.

(Damals, weitab vom Festplatz, spielte eine fesche Geige allen Instrumenten voran. Die Erinnerung von Herrn Schuhm wird bestimmt vom Klang einer klagenden Klarinette.)

Es ist fünf vor sieben und Herr Schuhm bedient eine schwarze Fernbedienung, ca. 7 mal 25 Zentimeter groß, 4 cm tief. (Löwe Opta, Baujahr 1981).
Von der gleichen Bauart existiert in ganz Deutschland kein weiteres Modell gleichen Baujahrs. In ganz Europa gibt es noch in einer kleinen Stadt namens Rota, ca. 50 km westlich von Cadiz eine alte Dame namens Evita Eleonora Sanchez, die eine Fernbedienung gleicher Bauart benutzt. Den Fernsehapparat dazu hatte ihr ihr 1999 verstorbener Mann

Carlos Marino Sanchez kurz vor seinem Tod aus Luxemburg mitgebracht. Dort war er auf Montage für eine Löwenkäfigfirma namens Lionesco Jaula para Leones.

Der Fernsehapparat stand tatsächlich *mit* Fernbedienung als Sperrgut in Luxemburg Stadt, Rue de la Fleur, an der Straße.
Seiner Frau Evita erzählte Carlos, dass er 12. 101 luxemburgische Franc (ca. 300 Euro) für das Gerät ausgegeben habe, um genau 49.915 spanische Peseta (Der Gegenwert von 12.101 Luxemburgischen Franc) vor seiner Frau zu unterschlagen. Das war genau die Summe, die er für Bordellbesuche bei einer gewissen "Olga" ausgegeben hatte, um einmal eine Nacht ohne Rücksicht auf die Liebe, ohne Rücksicht auf ein Gegenüber, ohne Rücksicht auf seine geliebte Evita, hemmungslos sein zu dürfen und ganz ordinär zu vögeln.

.

Evita hingegen ließ sich stets, während Carlos auf Montage war, von dem Schlachter des Ortes, Herrn Emilio Martin Martinez, besuchen.

Da ihr die zärtliche Feinfühligkeit ihres geliebten Carlos nicht die berauschende Erfüllung brachte, die sie selber von sich kannte, ließ sie sich gerne von Martinez völlig rücksichtslos und wild verehren.

Evita und Carlos schämten sich achtzehn Jahre lang voreinander für Erinnerungen, die ihnen allein, jedem für sich ein Lächeln auf das faltige Gesicht zauberten bzw. im Falle Evitas immer noch zaubern, distanziert fein, aber doch deutlich wahrnehmbar.

Auch Herr Schuhm lächelt in seinem Sessel, leise vor sich hin summend. Der Fernseher, dem die Fernbedienung, angezeigt durch eine kleine grüne Diode, Signale sendet, ist ein Röhrengerät aus dem Jahre 1981, ebenfalls von Loewe Opta, mit einer Bildschirmdiagonale von 80 cm und einer defekten Kathodenstrahlröhre, was bedeutet, dass dieser Fernseher kaputt ist.

Einzig der Ton erklingt in einer ungewohnten Sattheit und Präsenz. Das Bild bleibt schwarz.

Es ist sieben Uhr abends und die Fanfare der "aktuellen Stunde" auf NDR 3, Regionalfernsehen, schallt durch das Zimmer. Herr Schuhm schließt die Augen. Er hat sich abgewöhnt, die Nachrichten um acht zu hören. Es interessiert ihn nicht mehr, ob die Grünen Prämien für Elektroautos wollen, dass die Deutschen bislang 86 Millionen für Haiti gespendet haben, die deutsche Handball-Nationalmannschaft in Innsbruck weitergekommen ist, oder dass die Regierung noch ohne ein Konzept für die Afghanistan-Konferenz in London ist.

Ihn interessiert wie die Stimme des Hauptmanns der freiwilligen Feuerwehr in Cloppenburg klingt, die gestern eine Papierfabrik gelöscht hat, die Artenschutzbetreuungsstation bei Pye, eine Ausstellung im Marienhospital, die an Zwangsarbeiter in der Region erinnert und ihn interessiert vor allem das Wetter.

Es ist fünf nach sieben. Die aktuelle Stunde berichtet gerade von einem Autor aus Kloster Oesede, der sein neues Buch „Liebe in Zeiten gepflasterter Hofeinfahrten" im Rahmen einer Lesung vorstellen möchte, in der Lagerhalle, Osnabrück, heute abend.

... und Herr Schuhm ? ...

Herr Schuhm ist eingeschlafen. Eingeschlafen mit tiefem, ruhigem Schnarchen, "Frieden schließen" nennt er das. Das macht er jeden Abend.

*Medienkunst im
Tiefenrausch*

In fragiler Anordnung sind die Dinge des Alltags gestapelt.

Finde mich im Tiefenrausch wieder, wiedermal, wieder Bedeutungsverschiebung.

Vaginale, dezent rot-gelb-orangene, langstielige Calla, einzeln in einer zylindrischen Vase, zusammen mit einem schmalen, farnartigen Grün, direkt links vor mir auf dem Brett der kleinen Bar.

Das ist eine Aufforderung, ein unerwünschter Akt der Subversion:

Vor mir das eine Objekt, als Gegenstrategie zu einer doktrinären Wirklichkeitsvorstellung:

Die Theke.

Die Theke, als ein lang gezogenes Siebeneck zieht sie sich weitläufig durch die kleine Afterworks-Bar, von mir aus gesehen ca. 10 Meter nach rechts und 3 Meter nach links. Von dort aus schließt sich ein kleines Séparée von ca. 20 m² an.

Nach rechts gruppieren sich hinter dem Rücken derer, die an der Theke sitzen, Zweiertische, entlang einer bis zum Boden reichenden Fensterfront.

Die Dinge entwickeln sich langsam. Eine Szene gleitet in die nächste über.

Von meinem Platz aus kann ich fünf weitere Personen an der langen Theke ausmachen, alle rechts von mir.

Dabei sind Grenzüberschreitungen und Tabuverletzungen Ausdruck des jeweiligen Zeitgeistes.

Mir gegenüber, am weitesten entfernt, halb verdeckt durch das orange beleuchtete Regal, in dem sich die Flaschen, mit den Rausch versprechenden Elexieren befinden, sitzt eine Frau Mitte 40.

Wer noch weiter rechst von ihr sitzt, kann ich nicht erkennen. Sicher ist, dass sie sich mit jemandem oder welchen unterhält, am Scheitelpunkt der Bewegungen, kurz vor dem Zusammenbrechen.

Ein paar Meter links von ihr sitzen zwei junge, gepflegte, bärtige Nerds, wahrscheinlich Studenten.

Ihre Bärte: im Alltag und in der Kunst durchzitierte Kulturfolger, von der Kultur verfolgt.

"Wenn deine Mutter das so möchte, was soll das denn dann ?", hinter mir am Tisch, drei, zufällig vom Shoppen Hereingetragene: Zwei Frauen, ein Mann, alle drei über 50, sonnenstudiogebräunt und im flüchtigen Blick zu viel Gold tragend.

Verstörender Humor.

Es stellen sich Fragen nach Normalität und Eindeutigkeit.

In diesem ungegenständlichen Gitter werden Worte bedeutungslos und belanglos.

Schwarz, weiß und grau.

Fein gesprenkelter PVC-Boden im Marmorimitat.

Die Barhocker massiv, vintage, mit braunem, klassischem Lederkissen.

70er Jahre Hängelampen, zylinderförmig, im orangenen Lavadesign, ziehen sich fein säuberlich im Abstand von ca. 1,20 m entlang der Theke.

Exit Art.

Die Notwendigkeit, Vergangenes in der

Erinnerung lebendig zu halten.

Die Bedienung hinter der Theke, wasserstoffblond, kurz geschnittener Pony. Sie könnte in einem alten Jim Jarmusch Film gut in einer Bar wie dieser eine Bedienung wie diese spielen.

"Ein Heim ist nicht zwangsläufig ein Zuhause und andersherum."

Wenn sie näher kommt, verraten ein klein wenig zu viele Sommersprossen um ihre Nase herum, dass sie lange nicht so cool ist, wie ihr Alltagsavatar darstellt.

Laut klackert sie mit der Eisschaufel durch die Eisbox hinter einer massiven Kühlschranktür.

Mit ihrem kühnen, naiv-frechen Blick zeigt sie die existentielle Fragestellung eines nicht-existenten Wesens. Wie wird ein Objekt zu einem lebenden Ding ?

Zwei junge Mädchen um die zwanzig, setzen sich an einen Zweiertisch am Fenster, bestellen Cola, Afri Cola.

Diese Variationen beziehen sich auf verschiedene Strategien, Frau werden zu können.

Links von mir hängt ein sehr altes Schulplakat, wahrscheinlich aus den 50er Jahren, über Atomkernspaltung. Das war eine

Zeit, in der das alles dem Reich der Imagination angehörte. Rechts zwischen den Fenstern ein Blechschild von Martini.

Wie leben?

Diese Frage der menschlichen Existenz, eine verführerische Animation aus Wasserfarben.

Die Frau um die 40 mir gegenüber, halb verdeckt durch die Regale der Bar, sieht müde aus, sie raucht und trinkt Bier aus einem großen Glas.

Sie eignet sich nicht als Performance Generator.

Vor dem Fenster treffen drei Straßen aufeinander, Fußgängerzone, Außenbezirk.

Zwei sehr junge Lesben, Mitte 20, stehen vor dem Geschäft gegenüber. Eine legt der anderen sehr vorsichtig und zärtlich eine Halskette aus Leder um.
Dieser ist die Szene, die Öffentlichkeit, die offensichtliche Intimität und Liebe der Berührung, der angedeutete erotische Moment, peinlich.

"Ich verdiene gehört zu werden."

Sie weiß, dass ich da bin und ihr zuschaue. Jeder Schritt, jedes Wort, jeden noch so kleinen Laut nimmt sie wahr und wenn es dunkel wird, verarbeitet sie in ihren Träumen die Erlebnisse des Tages als humorvolle Darstellung des mittleren Ostens.

Einer der Bärtigen ist in der Zwischenzeit gegangen. Der andere beugt sich zu einem komischen Bogen und neigt seinen Kopf einer Zeitschrift auf seinen Knien entgegen.
Erinnerung, Fantasie und der Körper waren schon immer zentrale Themen.

"Ja, die wissen so etwas im Baumarkt. Hey ehrlich.", tönt es hinter mir, von den zu Goldenen aus dem Sonnenstudio.

Verlasse die Komfortzone des reinen Betrachtens.

70 Jahre Soul verbreitet sich im Hintergrund. Gerade steigert sich ein psychedelisches Guitarrensolo, ohne wirklich aufdringlich zu werden.

Der andere Bärtige kommt nicht wieder, er inszeniert eine Fake-Strategie.

Das ältere Pärchen hat sich noch zwei Halbe hinstellen lassen und befindet sich mittlerweile in einem fiktiven Registrationszentrum.

Eine der beiden jungen Mädchen vom Zweiertisch links zündet sich eine Zigarette an. Anspruchsvoll gestylt, aber trotzdem die

Billigere von beiden. Sie redet nicht über eine internationale Kapitalverschiebung.

Links, ganz hinten, hängen, in einer Art Séparée, großformatige, schwarzweiße Photos afroamerikanischer Models aus den 70ern, in Großaufnahme.

Obwohl alles Retro ist, wirkt es authentisch, abgerockt und liebevoll zusammengestellt, semi-natürlich, eine zunächst kaum wahrnehmbare, später sich verstärkende Aura umgibt die Menschen hier im Raum.

Sehe in der Stadt seit vierzig Jahren immer wieder die selben Gesichter, glücklose und etwas kummervolle Vertreter für Scherzartikel.

Eins dieser Gesichter, männlich, taucht auf und spricht die halb Verdeckte mir gegenüber an und geht zwei Minuten später wieder, ein bewusst dilettantisches Stilmittel.

Die Frau wirkt total genervt. Spuren davon schon eingegraben in das alternde Gesicht, diese Tatsache schafft für sie eine zunehmend prekäre Lage.

Ein Bewegungsbild völlig abseits der ursprünglichen Funktionalität.

Das Agieren und Reagieren im Sinne von Relationen entsteht nicht durch direkte

Ähnlichkeiten, sondern wird eher in unseren menschlichen Gefängniskulissen ausgelebt.

"Ja! Dann machst du das so voll in Arsch, so!", die Sprache des Paares wird flapsiger und lauter.

Der Bärtige hustet mehrmals hintereinander laut. Durch diese Reduktion auf die Mechanik werden abstrakte Vorgänge in Gang gesetzt, die eine befreite bildhafte Wirkung entfalten.

Die Mädchen unterhalten sich über Lehrer und Klausuren. Insbesondere die Billige präsentiert sich in der Art einer Tutorial-Clip-Serie und gibt sich Antworten auf Fragen, die nie gestellt wurden.

Ohne um Erlaubnis zu bitten, fluten die Leute draußen etappenweise aus verschiedenen Richtungen heran. Verschiedenste Ausprägungen der Schöpfung schaffen einen absurden Kontext, der preiswürdige Kunstwerke mit normaler Strassenkultur verbindet.

Einer um die 20 bremst rasant sein Skateboard vor der Tür;

dabei handelt es sich um ein absurdes, temporeiches und anarchisches, soziales Handeln.

Die Mädchen vom Zweiertisch: "... das ist doch eine sozialpädagogische Schule ..."

Dem Betrachter fällt in Halbbildern eine Welle entgegen.

Ganz langsam schiebt eine Mutter einen Buggy an der Fensterfront vorbei. Beide bieder, beide lila, im Format eines Verkaufskanals.

"Der Wunsch nach Intimität in der öffentlichen Sphäre" zum Super-Sonderpreis von 9,99 €.

Der Skatboarder hat einen European Media Art Festival -Pass um den Hals.
Die Frau des abgerockten Paares steht auf. Sie stellt sich an die Wand und kratzt sich den Rücken. So weit entfernt von der eigenen Sozialisation, denn nichts ist so beständig wie Veränderung.

"Erwerben kann man etwa, in einem Dokumentarfilm mitzuwirken."

Das, was die Frau hinter der Theke so besonders macht, ist, dass sie ihre Nase ein wenig hoch trägt.

Das passt zu einer blonden Nofretete, um die Mitte der Vierziger. Ihr Style ist eher upperclass, nicht wirklich H&M, obwohl es das doch grundsätzlich ganz gut beschreibt, 'grown up' eben.

Einzig die Pflanzen geben noch einen Anschein von Bewegung.

Man kann erkennen, dass ihre Brüste unter dem hellgrünblauen T-Shirt ein wenig hängen. Nur ein wenig. Insgesamt wirken sie genau so klein und frech wie ihre Nase.

Sie bietet ihre Koketterie an, wie Straßenverkäufer ihre illegalen Hollywood-Blockbuster Kopien.

Der Zweiertisch redet mittlerweile über "Jannick und seine Lebensweisheit" (Mitte 20).

Die eine raucht ihre zweite Zigarette und zappelt mit ihren Beinen. Das heißt sie wippt mit untergeschlagenen Beinen, mit dem linken ihrer Füße, wodurch ihr ganzer Unterkörper in Bewegung gerät, während der rechte Fuß ganz fest am PVC klebt. Dieser Zusatz verwandelt das Schuhpaar in ein performatives Objekt.

Das Mädchen wirkt wie eine handelsübliche Mikrowelle, die aus ihrem funktionalen Zusammenhang gelöst wurde.

Die andere sitzt die ganze Zeit ganz ruhig, konfiguriert und verpackt.

Sie hat bescheiden die Füße nach außen gedreht und an den Stuhlbeinen hochgestellt, dabei presst sie ihre Oberschenkel fest zusammen.

Zurück auf dem Boden grübeln verschiedene Seiten der Persönlichkeit des Neandertalers über die Natur ihres Seins nach.

Dass die Kirche dabei die von ihr Jahrhunderte lang geformten Bildmuster reproduziert, ist dabei nicht verwunderlich.

Ich versuche durch soziales Handeln die realen Bedingungen zu verändern und bestelle mir noch ein helles Hefeweizen.

Verlasse danach das Tiefenrausch.

Hummeltod

Mitte April, 16.46

Wir reden hier über einen Samstagnachmittag in einer deutschen Kleinstadt, im April.

Es ist einer der ersten wärmeren Tage im Jahr. Eine Terrasse in einer Siedlung mit Ein- und Zweifamilienhäusern brütet in einer eigenartigen Ruhe. Man hört das Treiben der Bürger, aber man sieht sie nicht.

Alte bemooste Betonplatten bilden eine Grenze zu einem sich selbst überlassenen Beet in gelben, weißen und vor allem noch grünen Tönen.

Dem Blick erschließt sich von links nach rechts eine verwilderte Vorgartenidylle, perfekt ausgeleuchtet von der sich langsam neigenden Sonne.

Der Garten ist, einer Mauer gleich, von einer noch lichten Rotbuchenhecke umgeben, sodass man durch die vielen winzigen Löcher im Laub die Siedlung erahnen kann. Dennoch ist seit Stunden kein Mensch an der Hecke vorbeigekommen.

Die Spatzen und Meisen tirilieren von überall her im Wechsel mit dem nahen Pfeifen einer Drossel.

Eine Wespe, zwei eigenartige Fliegen und eine Hummel schwirren um einen niedrigen, weiß blühenden Bodendecker im Beet vor der Terrasse.

In der Nähe hört man das aufgeregte Geschrei spielender Kinder. Unmittelbar nebenan fängt jemand an zu fegen.

Die Hummel entfernt sich in einem dreidimensionalen Schlingern vom Busch. Ein kleiner Windstoß bringt sie leicht vom Kurs ab, verstärkt das Schlingern. Vom selben Stoß wird ein einzelnes abgefallenes, trockenes Buchenblatt der Hecke knisternd und eigenartig laut über die Betonplatten geschoben. In der sonstigen Stille wirkt dieses Geräusch bizarr.

Eine Bass Drum wummert dumpf aus einem irgendwo wegfahrenden Auto. Die Sonne wärmt und nicht weit entfernt klappt ein Mülleimerdeckel zu.

Man hört die Menschen nur, aber man sieht sie nicht.

Die Hummel stößt in ihrem ungelenken Flug

gegen ein verwittertes, vom Dreck des Winters fast blindes Glasdach, welches die Terrasse vor möglichem Regen schützen soll. Eine Drossel hüpft aufgeregt raschelnd im Laub unter der noch lichten Buchenhecke.

Das Pfeifen der Amsel hat sich entfernt und das Tirilieren des Haussperlings ist deutlich näher gekommen. Durch ein offenes Fenster des Hauses gegenüber hört man eine Frau sich laut schnaubend die Nase putzen.

Die Drossel putzt ihr unansehnlich gefärbtes Gefieder still unter der Buchenhecke. Die Hummel kreist brummend zurück zu dem weißen niederen Busch. Tippt einmal kurz auf eine der Blüten und trudelt unkontrolliert, wie angeschlagen über den Rasen in Richtung Hecke. Sie ist mit den Augen kaum zu verfolgen.

Neben den gelegentlichen, durch den Wind verursachten Bewegungen der Sträucher, ist der Flug der Hummel die einzig wahrnehmbare Bewegung im Vorgarten.

Nichts passiert in dieser Straße.

Aus dem fernen Kindergeschei schält sich ein begeistertes Stimmchen, dass völlig durcheinander von 1 bis 6 zählt.

Jemand klatscht. Die Drossel unter der Hecke hüpft putzig ein wenig hin und her.

In einem neuerlichen Wind steigt die Hummel in für Hummeln fast undenkbare Höhen. Das bizarr knisternde Buchenblatt auf den Betonplatten wird raspelnd durch einen langsam zunehmenden Windhauch weiter geschoben.

Der Windhauch verstärkt sich und auch die ganze Hecke fängt an zu rascheln. Überall kommt Bewegung auf. Die Drossel dreht ruckartig ihren Kopf, nach links, nach oben, nach rechts.

Die Hummel wird vor dem blauen Himmel vom Wind nach unten gedrückt. Man hat den Eindruck, als kämpfe sie gegen die Kraft des Elementes. Für jemanden auf der Terrasse ist sie nur noch ein undeutlich kleiner Pixel in der Luft.

Der spontane, kleine Frühjahrswind lässt abrupt nach und wie aus dem Nichts schwebt unhörbar rollend ein Fahrradfahrer an der Hecke vorbei. Das Rascheln der Hecke hatte sein Herankommen verschluckt. Seit Stunden war niemand vorbeigekommen. Nur gehört hatte man die Menschen und dieser hier war absolut lautlos nahe gekommen, zu nah, fast schon unheimlich wirkte das völlig geräuschlose Vorbeirauschen.

Man hört ein leichtes "Plink" der Fahrradspeichen, ganz so, als ob eine Hummel in das Getriebe der dünnen Stahlstreben gekommen wäre.

Beim plötzlichen Nachlassen des Windes hatte die kleine Kraft der gegen das Element kämpfenden Hummel nachgegeben und sie in eine fatale Richtung stürzen lassen. So hoch wie sie zuvor war, drückte sie ihr kraftloses Manöver über die Hecke in die Richtung des Fahrradfahrers. Sie hatte versucht sich zu fangen, aber vergebens. Betäubt vom Schlag gegen die Speichen liegt sie auf dem warmen Asphalt.

Nahezu lässig flattert die Drossel los und klaubt sich, ohne wirklich zu landen, den kleinen braun-gelben Punkt von der Straße und fliegt rasch aus dem Blickfeld nach irgendwo.

Laut, sehr laut knallt im Haus hinter der Terrasse eine Tür vom Wind zu.

*Plastizierte Gegenwart
im
Altenheim*

In der Peripherie liegt ein beachtliches Potential:

Begrüßung eines blauen Trainingsanzugs unter großer Freude aller Beteiligten.

Angehörige: Frau, Tochter, Schwiegersohn, Enkelkind.

Der Schnitt des Anzugs bzw. die Art, den Reißverschluss der Jacke bis ans Ende zu zuziehen, erinnert an den Stil der Menschen, die in den Siebziger Jahren Trimm-dich-Pfade bezwungen haben.

Das immer noch propagierte Konzept schließt dasjenige menschliche Handeln mit ein, das auf eine Strukturierung und Formung der Gesellschaft ausgerichtet ist. Bitte kein Chaos.

Auf die Plätze, fertig, - das 'los' ein wenig verpasst. Zeit passé.

Betrachtung des Ergebnisses:

Helles Licht hinter den Glaswänden macht aus den Silhouetten der Alten am Eingang Scherenschnitte.

Gegenlichtaufnahmen verbergen in der Regel alle detaillierten Wahrnehmungen in einem tiefen, mehr oder wenig scharf umrissenen Schwarz.

So verschwindet ein ganzes Leben, wobei der Schatten den Bewohnern einen Vorteil gegenüber den Ankommenden gewährt.

Deutlich wird hier, dass das Atelier zwischen den Menschen liegt, liegen kann oder liegen wird.

Gleich einer sozialen Plastik amüsiert sich eine aufgeweckte Greisin in der Sesselreihe am Fenster, ihre Nachbarin anstoßend. Sie amüsiert sich über die Anrede "Altes Haus", die eben zu hören war.

Ich kann sie mir gut in der Vergangenheit hinter der Theke einer kleinen Eckkneipe vorstellen.

"Micha, noch'n Bier?!"

Acht andere Schweigen.

Kann mir diese acht Anderen gut in einer

katholischen Kirche vorstellen, zumal dies alles in Münster (Westf.) Gestalt annimmt.

Eine Gestalt gesamtgesellschaftlicher Formen und Zusammenhänge, losgelöst von den Vorstellungen des Individuums.
Eine Gestalt, in der jeder als Künstler in seinem Leben gefragt gewesen wäre, in der alles unter dem Anspruch eines Kunstwerkes hätte gesehen werden können.

Opa hält seine jüngere Tochter überraschend lange im Arm. Ein Teil seines Kunstwerkes. Ein sicheres Erinnern huscht über sein Gesicht, Achtung und Akzeptanz gegenseitig. Ein kurzer Moment Gestaltung.

Sie war der Junge, mit dem er wesentlich unkomplizierter umzugehen gewusst hätte, meinte er vielleicht, als er noch schlüssiges Denken zugelassen hatte. Jetzt verhält es sich weniger greifbar.

Ihm hat schon immer die revolutionäre Kraft der Kreativität gefehlt, was die eigentliche Triebfeder meines wohlgemeinten Mitleides ausmacht.

Rückzug mit ihm in eine versteckte Sitzecke mit karminroten Ledersesseln, gute Übersicht über die Eingangshalle garantiert.

Tageszeitungen werden korrekt gefaltet, der Hund gestreichelt. Kinder spielen an ihren

Handys, dem Opa wird zugestimmt.

Zustimmung hatte er sich früher immer erkämpfen und manchmal erleiden müssen. Es gab getrennte Schlafzimmer, schon früh, obwohl das wiederum individuell zu bewerten ist und auch ein Gestaltungsmoment sein kann.

Dabei bleibt der Mensch doch auf der untersten Stufe ein Naturwesen.

Darüber hinaus ist er ein Gesellschaftswesen und, leck mich am Arsch, am Ende ist er ein freies Wesen.

Frei, frei, frei, Verantwortung zu übernehmen.

Der Urinbeutel des Katheters ist voll, dafür will er keine Verantwortung mehr übernehmen. Ein Pfleger kommt und geht mit Opa, überraschend schnell.

Ebenso schnell kommt Opa wieder zu den Angehörigen in die Sitzgruppe.

Schnell drängt sich einem der Geschmack von lieblos geschmierten Leberwurstbroten und rotem Tee auf.

Einer sitzt da, sagt allen und immer wieder "Guten Tag".
Platziert, direkt an der Tür, wie eine "Guten Tag"- Maschine der Einrichtung. Eine frag-

würdige Inszenierung.

Interessant wäre ein Videoclip nur mit den Reaktionen der hereintretenden Menschen, den Alten selbst herausgeschnitten.

Individuelle Attitüden fänden sicher einen wohl tolerierten Ausdruck wie z.B. das distanzlose Hinterherzischen einer Senilen im Café. Diese entwickelt ihre ganz eigene Ästhetik.

Akzeptabel im Meer der Begleiterscheinungen jeder menschlichen Tätigkeit (wie z.B. furzen).

Zu offensichtlich der plastische Ausdruck ihrer Demenz, besonders in den Zähnen. Der Ehemann, glatzköpfig zu Besuch, offensichtlich gelöst, offensichtlich von einer langen Bindung, von einer Anstrengung.

"Zsssssss", immer wieder, jetzt hinter dem Hund her.

Schnappschüsse:

- Der Zivi eine Idee zu smart, in seinem rot karierten Hemd, sehr auf eine korrekte Erscheinung bedacht.

- Der Alte auf einem der hinteren Gänge, der ständig gegen die geschlossene Tür wiederholt "ist denn keiner da?"

- Die Alte, die schweigend, zumindest 1,5 Std. auf dieselbe Seite einer Illustrierten starrt.

(Möglicherweise erfreut sie das verschwommene Arrangement der Typographien von Überschriften und Kommentaren, erinnert an 'vor ewigen Zeiten' und gerade gestern Gelesenes.)

- Fühlen als Plastizieren.

- Emaillierte Poster längst vergangener, vergammelter, verrosteter, verschimmelter und verwester Konsumartikel - überholte Innovationen - bilden eine Galerie des Unwiederbringlichen.

- Motorroller an See, Mädchen die Pettitcoats tragen, junge Männer in Anzügen, Musik ohne Synthesizer.

Auf einem Teller liegt das kleine, rechtmäßig aufgestandene, im Preis inbegriffene Stück Kuchen, - nur an den Plätzen mit den roten Servietten zu bekommen, da die anderen schon für das Abendbrot eingedeckt sind, so gegen 15.30 Uhr.

Die Dinge sind hier geordnet, doch philosophische Praxis ist keine Technik, sondern eine Kunst.

Mir kommen seltsamerweise wieder lieblos

geschmierte Leberwurstbrote in den Sinn, gegebenenfalls mit einer kleinen Gürkchenhälfte, weil Feiertag ist und das Gürkchen dem ein wenig Gestalt gibt.

Überall ist Licht.

Noch.

Opa weint regungslos, unfähig, die Hand der Tochter zu greifen, dies wäre eine unvorstellbare Bewegung hin zur Nähe.

Alles kommt aus dem Chaos und würde durch Bewegung zur Form gebracht. Auch der unbändige Wunsch, getröstet zu sein für die letzten 84 Jahre. Eine unglaubliche Bewegung hin zur Vollendung des Werkes.

Die alten Damen spielen ein überdimensioniertes Mensch-ärgere-dich-nicht-Spiel. Letztlich würfeln alle nur und nur eine Dame setzt die Steine. Sie spielt verlässlich ehrlich.

Draußen vor der Tür drängen sich Dialoge auf.

Denken bedeutet Freiheit.

Dialoge als parallel laufende Monologe.

"Ich kann ja nicht viel sehen, aber dass der Himmel blau ist, seh ich", eine gut gepflegte ältere Dame, "Jetzt ist Schluss mit allem."

Der smarte Zivi stimmt wissend zu.

Nichts weißt du, du Schnösel, auch wenn du mich freundlich fragst, ob ich etwas trinken möchte.

Blickkontakt zu der Dame im Garten, wird dennoch unsicher abgebrochen. Wie viel Verzicht in wie viel unsicheren Augenblicken eines Lebens, wie viel Verzicht auf Gestaltung.

Denken ist bereits eine viel zu schwer zu gestaltende Plastik.

Wie viel Plastiziertem bedarf es eigentlich für Zufriedenheit, die Alten wollen mir nicht antworten, obwohl sie könnten.

Abschied löst bei Opa Tränen aus. Er bräuchte mal wieder eine ernsthafte Nagelpflege.

Wie wenig war er sich eigentlich damals Wert, dass er nie seinen Nagelpilz in den Griff bekam? Die Antwort kann nichts mit Generationen zu tun haben. Welchem Aspekt seines Lebens wollte er damit Gestalt verleihen? Eine Antwort wird nicht mehr plastiziert werden können.

Schweigen die ersten zwanzig Schritte zum Parkplatz. Dann ist wieder alles gut.

Gedanken wirken in der Welt unter Umständen natürlich viel vehementer als eine Plastik, die nur ein Abbild sein kann.

Perfektion wäre Stillstand.

Empathie löst sich auf in einem Meer aus befreienden Sinneseindrücken.

Opa wird sich schon bald wieder einfinden. Er trägt eine Mitverantwortung für das, was jetzt ist. Alles andere zu postulieren, wäre letztlich menschenfeindlich.

Da,

da ist ein Solidaritätscamp für die Flüchtlinge aus dem Mittelmeer.

Heimweg.

Fischkontor

Vier-Tage-Wochenende in Greetsiel mit dem Sohn, der Frau, der Schwester der Frau, dem Schwager, dem Neffen der Frau und der Mutter der beiden Schwestern.

Es gab eine Auseinandersetzung mit dem Schwager im Fischkontor.

Es gab nämlich einen Plan, der sich im Grilllen von Fisch erfüllen sollte. Der Mann wunderte sich, welche Sorten Fisch der Schwager in Betracht zog und sprach von Alufolie.

Jeder Mensch im Kontor, der wollte, hätte sehen können, wie dem kräftigen Schwager die Halsschlagadern vor Wut anschwollen.

"Mit Alufolie?!", rief dieser sich aufbäumend, mit vor Anstrengung krächzender Stimme,

"Da schmeckt man ja nichts mehr vom Grill!! Da kann ich ja gleich 'ne Pfanne nehmen."

Die Anstrengung des Schwagers bezog sich

darauf, ein animalisches Brüllen auf Hörschwelle herunter zu pressen.

Der Mann meinte beschwichtigend, man könne ja mit einem Messer kleine Löcher in die Alufolie stechen.

Im Rücken des Schwagers vertrieb sich ein anderer Kunde grinsend mit dem Belauschen der absurden Situation die Wartezeit in der Schlange.

Der Mann fühlte sich gefordert, weil dies eine gefährliche Situation werden könnte. Er wollte nicht, nur weil er was wusste, in eine gefährliche Männersituation kommen. Der Schwager war ja eigentlich ein lieber Mensch, nur etwas sehr gestresst, genau wie der Mann selbst.

Gestresst von dem Aufeinandertreffen der drei Lebenswelten der beiden Schwestern mit Familie und Schwiegermutter.

Der Mann ging davon aus, dass hier zwei Männchen eine archaisch strukturierte Aufgabe, auf ihren Erfahrungen beruhend, auszutragen hätten. Das könnte bis zum Äußersten gehen, damit das Rudel und explizit die Weibchen am Ende auch, jede einzelne in ihrer Lebenswelt, zufrieden gestellt sind, Schwester, Frau und Schwiegermutter.

Als der Schwager sich dezent und leise flüsternd dem Mann entgegen neigte und fragte, mit wieviel Gramm Fisch, man denn wohl so pro Person rechnen müsse, antwortete der Mann mit einer Gegenfrage, ganz freundlich, ganz unterwürfig:

"Lieber Schwager, sage mir, einfach nur so, eben nur weil ich es wissen möchte.

Hast du schon mal Fisch gegrillt oder überhaupt Fisch zubereitet?"

Der andere Kunde im Rücken des Schwagers hielt sich schützend die Hand vor den Mund. Weit nach hinten gezogene Mundwinkel lugten unter der Handfläche hervor.

Der Schwager schaute verdutzt. Er ist sehr intelligent, aber in manchen Feldern des Denkens kann man manchmal sehen wie bei ihm brach liegende Synapsen aktiviert werden. (1)

"Ich hab das doch vorhin schon gesagt.." Der Schwager fuchtelte seltsam spastisch mit geschlossener Faust sehr erregt vor seiner Brust herum, während er nahezu deklamierte:

"Zu Hause bedeutet Essen vornehmlich 'Kartoffeln mit Quark'. Zu Hause dient die Tätigkeit des Essens einzig der Zufuhr von bestimmten lebenswichtigen Nährstoffen.

Kartoffeln und Quark. Ende und aus. Das hat die Schwägerin von der Mutter."

Der Mann verstand, dass das Aufeinandertreffen von parallel existierenden Wirklichkeiten ein Maximum an Toleranz und Wille forderte, weil es Abstoßungs- und eben auch Anziehungskräfte gab. Er verstand, warum der Schwager so gestresst war, warum alle, die hier waren, auch die beiden Kinder, Neffe und Sohn so gestresst waren. Er verstand, dass alle Kompromisse machten und sagte:

"Ich geh' dann einfach mal zum Edeka Alufolie, Salz, Pfeffer, Zwiebel Butter und Zitronen kaufen. Was den Fisch angeht, würde ich mich von der Fachverkäuferin beraten lassen, die machen das bestimmt gut und jeden Tag. Wir treffen uns dann am Auto."

Das war ein sehr weiser und bescheidener Winkelzug des Mannes. Es war gut, Fakten zu schaffen und nichts zu diskutieren.

Die Fachverkäuferin hat den Schwager sehr gut beraten, besser als der Mann es hätte tun können. Das ist ebenfalls eine archaische Tugend, um seine Grenzen zu wissen, hätte der Mann denken können.

Hat er aber nicht, warum auch immer.

Der Rest des abendlichen Fisch-Grillens lief ebenfalls klar und eindeutig strukturiert und somit friedlich. Nur einmal, ganz am Anfang, bat der Schwager den Mann, doch bitte etwas von der Instant-Gemüsebrühe über den fangfrischen Fisch (Scharbe und Seelachs) zu streuen, die Schwägerin würde das so gern mögen.

Ein schlaffer Versuch des Schwagers, sich noch einmal konzeptionell mit einzubringen.
Selbstbewusst lehnte der Mann hier ab.
Wieder ein Wissen um Grenzen.

'Instant Gemüsebrühe ist Instant Gemüsebrühe und kann als Brühe verwendet werden, aber nicht als Gewürz, schon gar nicht für Fisch', dachte der Mann, friedvoll lächelnd.

Zudem hatte er sich schon gestern um einen erheblichen Teil des Essens gekümmert (incl. Idee und Einkauf) und fühlte sich doch ein wenig fremdbestimmt ob der wiederholt komischen Rollenaufteilung der Gruppe. Die Frauen spielten mit den Jungs Tischtennis. Der Mann hätte etwas sagen können, hat er aber nicht.

Trotzdem bereitete er sorgfältig und erfahren den leckeren Fisch zu und bediente den Grill. Das war nicht leicht, weil die beiden, der Mann und der Grill sich nicht kannten und der Grill sehr, sehr klein und somit sehr, sehr heiß war.

Auf Grund der Liebe zum Essen lief aber alles gut. Der Schwager kochte die Kartoffeln und auch die waren wirklich lecker, mit Butter und Salz, ein Gedicht.

Das Rudel, insbesondere die Frauen, Schwägerin, Frau und Schwiegermutter grunzten am Ende, tatsächlich alle zufrieden. (2)

(1) Solche Felder hat jeder, auch ich, und ich fürchte, dass ich Felder habe, wo überhaupt gar keine Synapsen brach liegen. Der Schwager aber hat auf sehr, sehr vielen Feldern überhaupt Synapsen.

(2) Irgendwie sehr schade, dachte der Mann, dass er und der Schwager in diesem Jahr nicht einmal bei den zweisamen, nächtlichen Gelagen wirklich lebenswirkliche Anziehungskräfte intensiviert haben, zur gegenseitigen Inspiration.

Hoffentlich lag es nur daran, dass der Mann diesmal eher zu viel Wein getrunken hat, der Schwager ist nämlich bescheiden beim Bier geblieben. Möglicherweise wirken sich unterschiedliche Getränke hemmend auf die Annäherung paralleler Universen aus.

Holographische Gartenparty

Viele kleine nasse Regentropfen verbinden sich zu schillernden großen Lachen auf einer Schützenfestbank.

Das ist jetzt.

Früher, heute morgen beim Frühstück las ich einen Artikel über die Beschreibbarkeit des Universums durch die Idee eines zweidimensionalen Hologramms.

Ein Schützenfesthologramm im Regen, heruntergebrochen auf eine Gartenparty irgendwo in Westfalen.

Es ist Samstag Nachmittag in einem Neubaugebiet, Anfang Mai, kurz vor den ersten Ausläufern des Potts.

Hier wohnen also die ewigen Pendler, die bei jedem Wetter den Weg in das Ruhrgebiet verstopfen, nett, fast idyllisch, wenn man sich nicht gegenseitig auf den Brotaufstrich schauen könnte, während man sich gerade beim Frühstück den Sack krault.

Wir hinterfragen das nicht, sondern nehmen die 3-D Struktur der Welt hin, wie die Tatsache, dass die Zeit vorwärts läuft.

Bei den Vorbereitungen zum Grillen entdecke ich zu meiner Freude mit Schweinespeck umwickelte Holzspieße, sogenannte Fackeln;

bete, nur kurz, dass es den Schweinen gut ging, aber wahrscheinlich ging es ihnen nicht gut. Das ist eine sogenannte fromme Hoffnung. Komische, widersprüchliche Wortverbindung. Ob der Papst die kennt ?

Einige Wissenschaftler sind davon überzeugt, dass sich die Widersprüche auflösen, wenn wir davon ausgehen, dass jedes dreidimensionale Objekt, das wir kennen und lieben, nur eine Projektion kleiner, subatomarer Informationsbytes ist.

Es ist warm und später Nachmittag. Auf Grund einer Regenradar-App, die einer der Anwesenden auf seinem Smartphone installiert hat, wird das Entzünden der Feuerschale auf 18.05 Uhr verschoben.

Eine funktionierende Regenradar-App scheint mir eine gute Erfindung für solche Anlässe zu sein. Mindestens drei von den acht Kindern des Gartenfestes holen sich jetzt keine Erkältung. Das wäre in der Summe aller Gartenfeste dieses Tages schon fast volkswirtschaftlich relevant.

Mit dem holographischen Prinzip würde es jedoch bedeuten, dass es sich bei dieser Annahme um eine Frage der Perspektive handelt.

In der Feuerschale sollte es auf alle Fälle später für die anwesenden Kinder zwischen 4 und 16 Jahren Stockbrot geben.

Unterhalte mich mit Klaus, einem Informationsparadoxon.

Das Paradoxon besagt im Wesentlichen, dass Schwarze Löcher Informationen schlucken.

Klaus, Mitte 40, getrennt, ein Kind, 4 Jahre, ist ein, mit erwähntem Kind anwesender Herr, untersetzt, füllig, haarlos, auffällig brauner Teint, schlecht rasiert.

Die schlechte Rasur tarnt er als Dreitagebart. Klaus fällt mir immer wieder dadurch auf, dass er, dann wenn wir uns treffen, ein weißes Hemd anhat, immer. Vielleicht ist das sein Outfit für solche gesellschaftlichen Anlässe unter Bildungsbürgern und Bürotechnikern.

Stelle fest, dass ich auch so ein Öffentlichkeitsavatar generiert habe. Mir gelingt es immer wieder, den erfolglosen, aber genialen, letztlich selbst ernannten Künstler zu mimen. Für die anwesenden Bildungsbürger ist Erfolglosigkeit immer noch cool für einen Künstler sowie eine Bereicherung ihres Bekanntenkreises.

Wenn diese Darstellung korrekt ist, gibt es ein inhärentes Limit in der Verarbeitungskapazität.

Es gibt Tage, an denen ertrage ich das nicht, und es gibt Tage, an denen ertrage ich das. Heute ertrage ich das, obwohl ich mit einer viel kleineren Runde und vor allem mit durchweg bekannten Gesichtern gerechnet hatte.

Das Universum hat jedoch drei räumliche Dimensionen plus Zeit.

Ansonsten gehört Klaus zu den Typen, die sich ein leicht debiles Lächeln angewöhnt haben und damit so eine Art Forest Gump Nummer durchziehen. Kommt gut an bei den anwesenden Damen hier, alle über vierzig, vor allem wegen des Asses im Ärmel: 'alleinerziehender Vater' und das als Forest Gump!

"Ach, ich hätte früher nie gedacht, dass ich eine solche Glucke sein würde." Debiles Lächeln, unbeholfenes, unschuldiges Schulterzucken, als Gump Attitüde und alle am Terrassentisch denken "Wie süß! (du Wurst)" und lächeln ihn verstehend an.

Jenseits dieser theoretischen Annahme müssen wir uns auch noch der realen Materie zuwenden und die Natur unserer Wirklichkeit betrachten.

Ein länglicher Grown-up-Ikea-Style-Terrassentisch, Echtholz und
nicht selbst zusammengebastelt;

auf ihm stehen vom Kaffee noch orangene, dicke Keramikteller. Die Teller sind auf alle Fälle nicht von armen Kindern in Bangladesch gefertigt worden. Möglicherweise stammen diese von einer goldbereiften, örtlichen Keramikerin in selbstgefärbten, wallenden Gewändern.

Zwischen den Tellern, dem Proseccco, den passenden Kaffebechern, den langstieligen Gläsern und dem Orangensaft, liegt tatsächlich eine Ausgabe der Zeitschrift "Landlust". - Zur Erinnerung, wie befinden uns in einer Bildungsbürger/ Büro-techniker /selbständiger Handwerker - Neubausiedlung, auf einem Dorf mit Autobahnanschluss Richtung Bochum, 25 Min.

Begreife, dass mit 'Landlust' genau das gemeint ist.

Wenn das wahr ist, ist es eine wirklich wichtige Erkenntnis.

Streiche mir eine Strähne Naivität aus der

Stirn und plötzlich fängt es an, dass ich mich in einer politisch unkorrekten Umgebung zu bewegen glaube. Erwähnte ich schon den Spiegel auf dem Gästeklo? Nein?

Die Krümel auf dem Teller lassen auf Schoko- und Apfelkuchen schließen. Sehr gut, das versöhnt.

Knete beide Geschmacksrichtungen zu einem mundgerechten Happen.

Mund: In diesem theoretischen Raum lassen sich zwei physikalische Gleichungen perfekt übereinander abbilden.

Kurze Erholung des Blickes auf dem lila Bodendecker, als Abgrenzung zu einem schmalen Gemüsebeet an der Längsseite des Hauses. Dahinter liegt ungefähr der Osten. Der Garten hinter der Grundstücksgrenze erinnert tatsächlich ein wenig an eine Sperrzone.

Auf dem grünen, vorbildlich gepflegten und geschnittenen Rasen liegt ein rot-weißes Springseil.

Spring, Seilschaft der Glücklichen in das leicht alkoholvernebelte, samtagnachmittägliche Wohlgefühl einer bürgerlichen Verbrüderung, dass es uns doch gut geht. Wem auch immer nicht und was auch immer grundsätzlich Scheiße läuft, wir können uns jedenfalls gerade nicht beklagen. Gott sei dank.

Diese und die andere Welt,

zwei verschränkte Quantenpartikel, die nicht individuell dargestellt werden können. Auch wenn sie sich weit voneinander entfernt befinden, bilden sie ein einzelnes, individuelles Objekt.

Es fängt an zu regnen, wie die RegenRadar-App vorhersagte.

Vorhersagbar auch der Verbleib in der eigenen Komfortzone. Mir wird klar, dass ich mich hier nicht daneben benehmen möchte, weil ich es schön finde und weil ich es kann, mich nicht daneben benehmen.

Über der Buchsbaumhecke zum Nachbargrundstück sieht man den Giebel eines weißen Festzeltes und das Fangnetz eines Trampolins, auf dem fleißig Kinder herum toben, letztlich keine sechs Meter entfernt, unglaubliche Offenheit und Kinderliebe sind gefordert.

Ein Festzelt für einen Kindergeburtstag?

Wollen die Nachbarn vielleicht sicher gehen, dass sie auf alle Fälle nicht in die Verlegenheit kommen, die widerborstigen, aufgekratzten Blagen in ihr Haus lassen zu müssen?

Bevor wir jedoch sicher sagen können, dass wir in der Matrix leben, gibt es noch Einiges zu tun.

Als erstes öffnet der Hausherr dazu die Haube seines Weber-Grills.

Mit wie viel tiefer Liebe und schelmenhafter Freude werde ich dieses Jahr zu Pfingsten meine beiden verrosteten Dreibein-Schwenkgrills wieder mit Not und allerlei Tricks reaktivieren, nachdem ich heute den Weber-Grill gesehen habe.

Sie, lieber Leser können mit mir über alles reden, über Veganismus, CO2-Bilanz und Birkenstockschuhe, meinetwegen mit Wolllsocken, aber bitte nicht über 'Das Grillen' mit mir inhaltlich diskutieren.

Ich grille mittlerweile interkulturell, und das Element Feuer bleibt Feuer, Glut bleibt Glut und Grillen bleibt Grillen und definitiv ohne "Weber" davor. Wenn ich der Grillmaster bin, will ich auch danach riechen, wenn ich in die Pofe plumpse. Ich will, dass der rauchige Geschmack der Kohle in meiner Kehle kratzt, ich will Fleisch über einem heißen Grill schnell drehen müssen.

Also reden Sie mit mir bitte nicht über das Grillen.

Mit meinem alten slowenischen Freund

habe ich über den Speichen eines Fahrrad-Rades gegrillt, vor den Stufen eines Bauwagens, die Grillkohle selbst geköhlert.

Wir haben uns ausgemalt, wieviele Manager in Deutschland wohl genau dafür wieviel Geld bezahlen würden, um mit uns Holz zu suchen und vor dem Bauwagen Bier zu trinken, die Kohle zu köhlern.

Bestimmte Pixel kommen dann in deinen Fokus und wenn du ganz tief in das subatomare Level eindringst, wird sich die Bitmap unseres Universums möglicherweise ganz von selbst offenbaren.

Ich verlasse meinen Platz an der Landlusttafel, um mir eine neue Schachtel Zigaretten aus dem Auto zu holen.

Vorbei an der Nachbarterrasse, kahl, geleckt. Design Selbstschussanlage, wirklich leider, ohne Seele - 'ohne Leben'.

Im selben Stil: Zwei Herren, Kahlkopf und Grauer Rocker sitzen sich dicht an einem runden, freudlosen, nackten grünen Plastiktisch gegenüber. Ich kann mich nicht erinnern, je eine so schmucklose Szenerie betrachtet zu haben.

Möglicherweise planen die gerade einen Drogendeal, was eine wirklich schlechte Tarnung wäre, der Tisch komplett leer, die

Jalousien der Fenster hinter den beiden fast ganz herunter gelassen. Die beiden verbindet nichts.

Alles wirkt ein bisschen wie in einem Netflix-Film, für den du keine ausreichende Bandbreite hast. Die Dinge scheinen etwas verschwommen und verwackelt. Nichts steht jemals still, es gibt permanent kleine Bewegungen.

Lasse die beiden gedankenverloren zurück.

Wieder im Garten sitzt ein schweigsamer Mann am Rand der Party und hält stumm das vom Feuer verkokelte Stockbrot seiner Tochter, wie eine lächerliche Standarte.

Neben dem Standartenträger gibt es hier lächerliche Wächter, Ritter, alberne Bauern, lebensuntüchtige Burgfräulein, eine Marketenderin, Hexen, mich, den verwachsenen Harlekin und brave, keusche Bürgerinnen, eine eigenartige Realität, dass gerade diese Wesen heute dazu prädestiniert sind, gut zu überleben.

Überlege als nächstes, diese Überlegungen zu generalisieren und in einer höheren Dimension zusammenzuführen.

Doch schaue ich zunächst verlegen weg, als ein langsames Rad rückwärts auf dem Rasen den Körper der kräftigen 16 jährigen Turnerin als einen reizvollen definiert.

Bei der Wiedeholung des Rades genieße ich dagegen einen lustvollen Schnappschuss des biegsamen Rückens und des muskulösen Po's in meinem Kopf.

Es hat was Sentimentales, wie ein erotisches Echo einer ersten Berührung aus vergangenen Zeiten, die für alle kommenden Tage nicht mehr gefragt sein wird.

"Bewahre dich junge Frau, bis zur nötigen Reife, es könnte ziemlich gut werden.", würde ich ihr gerne raten, es scheint mir aber unangemessen, zumal ihr Vater dabei steht, während sie ihre Übungen präsentiert.

'Isi' kommt und stellt sich zu uns, - in der Hand ein riesiges Weisweinglas, welches mindestens einen halben Liter fast. Entgegen der jungen Turnerin, kann ich mir mit 'Isi' genussvoll dreckiges Krams vorstellen, solange sie dabei nur bitte dieses überdimensionierte, trotzdem zerbrechliche Trinkgefäß in der Hand behält, mit diesem langen zerbrechlichen Stiel.

Auf dem Gästeklo entdecke ich einen künstlich verschmutzten Spiegel mit dunkelbraunen Holzrahmen im Landhausstil, erzählte ich bereits davon?

Künstliche Verschmutzung, wie genial ist

denn dieser Gedanke.

Dieser würde uns tatsächlich zu einer fundamental neuen Sichtweise unserer Realität veranlassen, bis wir künstliche und wahre Verschmutzung nicht mehr auseinander halten könnten.

Überlege kurz, ob es möglich wäre, Paarberatung für Menschen aus Neubaugebieten anzubieten, die eine künstliche Verschmutzung ihrer Beziehung zum Ziel haben, natürlich alles ganz im Land-Liebe-Stil.

Ein Spaziergang mit dem Ziel, Ruten für die Stockbrote zu schneiden, führt uns an einer Schimmelstute mit tiefliegenden braunen Augen vorbei. Die Kinder füttern sie, spielen mit ihr.

Eine Schimmelstute ist gerade einmal etwas, zu dem mir nichts einfällt außer Pippi Langstrumpf, und so mutig und unverfroren wie Pippi Langstrumpf ist hier wirklich keine/r, eher im Gegenteil. Heute sind wir alle mal Annikas und Tommys. Aber vielleicht macht das gerade den Reiz aus. Fühle mich angenehm zerstreut. Ich glaube, das darf so sein.

Andererseits würde jetzt die Entdeckung eines weiteren Urknalls die Sicht auf das Universum grundlegend verändern.

Die Stute stört sich an Räuber, dem Hund, und trabt angriffslustig auf ihn zu.

Räuber hält es zunächst für ein Spiel, tobt und bellt, läuft dann aber rechtzeitig weg.

Nehme mir vor, ihn mir als Vorbild zu nehmen: Werde ab jetzt alle als Spiel begreifen und dann rechtzeitig weglaufen.

Ein Leben in der Matrix ist vielleicht gar nicht so schlecht.

Immer wieder Kindergeschrei und immer wieder wegen Räuber.

Möglicherweise verkörpert der Hund 'Pippi Langstrumpf' in dieser Gesellschaft.

Die beiden 7-jährigen Jungs durchwühlen einen Haufen Muttererde auf einem leeren Baugrund gegenüber. Tauchen aus einer anderen Welt wieder auf, dreckig wie Grubenarbeiter oder Krieger.

Sollte unser Universum wirklich eine Simulation sein, ist sie perfekter als jede, die wir jemals erstellen könnten, außer als Siebenjährige auf einem Haufen Muttererde.

Sie ist spürbar, die Nähe der Hochöfen und Stahlkocher, der Kumpel und der Lohnarbeiter aus dem Osten, der hauchdünne Einfluss einer gechillten und verdienten Schützenfest &

Gartenzwergkultur.

Gerade wenn die feuchte Kühle eines vorsichtigen Regenschauers anfängt zu nerven, tröstet die herzliche Wärme des jugendlichen Sonnenscheins.

Wie die nüchterne Distanz der Gespräche wiederholt eine unerwartete Zuwendung erfährt.

Im Haus liegt eine Pizza aus Gummibärchen im Pizzakarton auf dem Tisch. Hat das hässliche Mädchen in rosa die mitgebracht?

Diese Enthüllung betrifft unseren Alltag genauso wenig wie das Wissen um andere Galaxien.

Ich habe gar nichts mitgebracht. Ich bin auch hässlich, irgendwie. In gewisser Weise versteh ich mich sogar auch auf das Rosarote.

Im Gemüsebeet fachsimpeln drei Frauen über das grüne Hochbeet. Ein Eingeständnis dahingehend, dass man sich nicht mehr so bücken mag oder kann.

Es scheint, als müssten wir uns gedulden, bis die mathematischen Berechnungen abgeschlossen sind.

Das Gespräch mit Sophia spiegelt sich in den ebenfalls langstieligen Proseccogläsern auf dem Terrassentisch, dazwischen leere Proseccoflaschen.

Sophias Strenge in Gesicht und Haltung erinnert mich an Fräulein Rottenmeier und bringt etwas Trauriges zum Schwingen. Vielleicht nur in meinem Kopf.

Sie ist kurz vor dem Verblühen, innerlich, weil sie nicht geliebt wird.

Die Ergebnisse dieser Wellen zeigen mir lediglich, dass mein Instrument an der obersten Grenze der Möglichkeiten arbeitet.

Dagegen lässt mich das arg verhaltene, aber dennoch freche Lächeln Steffies schmunzeln, schade, dass ihr das Dröge so um die Mundwinkel geschnitten ist. Coole braune Cordjacke.

Wenn ich mir Steffie in Unterwäsche vorgestellt habe, dann immer in weißer. Ich bin mir da gar nicht mehr so sicher.

Letztendlich suche ich nach einem experimentellen Charaktermerkmal, diesem minimalen Rauschen im Universum.

Die Mutter von Niki, dem hässlichen rosa Kleinkind stürzt, auf die Terrasse. Ich muss an eine sympathische Monsterfrau aus einem Animationsfilm denken. Groß, unförmig, laut, vordergründig lustig, aber schwach.

Zum Existieren verdammte Existenz, zwischen Alltagswahn und Phantasielosigkeit. Zwischen Nutellabrötchen und werktätigem Weckerklingeln, Bestimmung verfehlt.

Wir wollen wissen, ob es ein Präzisionslimit gibt.

Den Versuch, trotzdem Befriedigung zu finden, werte ich wertschätzend als eine respektable Kunst. Viel Glück.

Niki ist der rosarote Wonneproppen der Animierten, das angesichts all der aufgetischten Leckereien draußen ein Brot mit Nutella will. Der Hausherr überrascht, verneint die Frage danach, ob es eben Nutella gäbe.

Das Wackeln der Bandbreite unserer Realität ist genau das, was ich messen will.

Mami rät dem Kind, sich statt Nutella ein Stück Schokolade auf das Brot zu legen.

Auf der Heimfahrt ist es warm in Auto. Alle haben viel nachzudenken.

Fühle ein messbares holographisches Rauschen.

Nackt vorm Spiegel

Kennen Sie diesen Moment kurz vor dem Aufstehen, in dem Sie sich, schlecht gelaunt, nicht vorstellen können, dass dieser kommende Tag noch ein guter Tag werden könnte? Und kennen sie das auch, wie diese Unlust auf der Stelle verfliegt, wenn Sie dann doch endlich aufstehen?

Oft glaube ich, dass es die Stimme meines Körpers ist, die diese schlechte Laune verbreitet, die sich über zu schweres Essen, zu viel Alkohol und ja, über Zigaretten beklagt. Hinzu kommt das noch konkurrenzlos agierende Unterbewusste, welches zwingende To-Do-Listen entstehen lässt und moralische Bewertungen ins Spiel bringt über das, was einem von gestern noch dämmert.

Sobald ich die Decke zurückschlage und mein wach werdender Geist die Führung übernimmt, ist der Missmut eindeutig auf dem Rückzug. Für mich ist das ein erstaunliches Phänomen.

Ich liebe diese Jungfräulichkeit eines freien Tages, besonders, wenn ich so wie heute alleine in dem großen Haus bin. Es ist Sommer, sonnig und die Dinge können sich störungsfrei von Einem in das Andere ergeben.

Eine Tätigkeit scheint die Bedingung für die nächste zu sein, das Anziehen der Socken für das Kochen des Kaffees. Dieser ist die notwendige Bedingung für das Lesen (und Rauchen). Wenn diese lieb gewonnene Gewohnheit befriedigt ist, erst dann erlaube ich mir ein kleines Frühstück. Dieses stellt die Bedingung für den Gang zum Klo dar. Erst dieser Gang ist oft die Legitimation für einen kleinen Joint.

Hier ist Vorsicht geboten. Der Gang zum Klo kann, bei mangelnder Inspiration, mangelnder Muße oder zu viel Kindergeschrei dem Tag die Jungfräulichkeit rauben, gerade und explizit an einem Sonntag, was an dieser Stelle viel zu früh wäre.

Nicht so heute. Erst am Nachmittag erwarte ich weitere Menschen. Bis dahin werde ich nur mir in meinem Dunstkreis begegnen. Der Plan ist vor allem, ausgiebig Spa zu betreiben (inkl. Sauna) und soviel und so zu schreiben, dass ich hinterher zufrieden bin.

(Zwischendurch sind noch ein paar Kleinigkeiten zu erledigen. (Ein Korb Wäsche ist zusammenzulegen, die Küche aufzuräumen, der Müll rauszubringen, der Hund zu bewegen.)) (4)

(4) Draußen auf der Terrasse liegt ein Apfel. Die kleinen Kinder haben gestern ein kleines Loch von etwa 3 bis 4 cm in die Hülle geknabbert und ihn als Teil einer Wespenfalle mit Plastikkästen verbaut. Jetzt, 24 Std. später, zähle ich ein Gewimmel und Gebrumme von etwa 60 bis 80 Wespen in einem fast gänzlich ausgehölten Apfel. Das Gesumme erzeugt Gänsehaut.

El, die Prinzessin, hat erzählt, dass jetzt die Zeit ist, wo die Königinnen allein in den Stöcken verbleiben und überwintern. Das gemeine Volk hat seinen Dienst getan, das gemeine Volk kann gehen und sterben.

Der Apfel wird zur paradiesischen Henkersmahlzeit.

'Gut dass mein Dienst noch eine Weile gefragt ist und in dieser Wabe eine Prinzessin die Königin ist', denke ich und stelle die Waschmaschine an.

(40 Grad, Buntwäsche.)

Obwohl mein Körper schon anfängt mächtig zu protestieren, gönne ich meinem Geist noch eine weitere Zigarette, die vierte, nach dem Klo, nur um den Tagesmoment des Noch-nicht-begonnen-Habens ein klein wenig weiter hinauszuzögern.

Dem Körper verspreche ich hoch und heilig, dass ich dafür den Rest des Tages freundlich zu ihm sein werde. Nebenbei lade ich mir noch das Buch 'Lust und Freiheit' von Faramerz Dabhoiwala runter. In dem Buch geht es um eine neue Deutung der Geschichte der Sexualität, vom viktorianischen Zeitalter ausgehend. (9)

(9) Ich weiß gar nicht, warum mir solche spontanen Buchkäufe via Handy solch einen sonntäglichen Genuss verschaffen.

Jetzt ist es eine unbestreitbare Wahrheit, der Tag hat begonnen. Man spürt das. Ich habe Geld ausgegeben.

Oben, im Schlafzimmer, ist es noch dunkel. Nur wenig Licht dringt durch die kleinen Löcher zwischen den Rippen der Jalousie. Das riesige Bett auf meiner Seite zerwühlt. Decken liegen chaotisch herum, wie eigene kleine gewundene Körper.

Ich öffne die Jalousie und kann mich noch einmal über die Sonne und den blauen Himmel freuen. Die Helligkeit nimmt dem Schlafzimmer das Schwere, das Schwülstige, den Mief des Momentes kurz vor dem Aufstehen. Im Tageslicht sind die Decken fluchs und ordentlich gefaltet, das Kissen aufgeschlagen, die Nacht verflogen, Morgenstimmung 'at it's best'. Es bestehen 'Gott sei Dank' noch Gestaltungsmöglichkeiten für den Tag.

Das Bad begrüßt mich hell und freundlich, viel Holz. Die Handlungen hier unterliegen einem alltagserprobten Ritual und haben eine festgelegte Reihenfolge.

Da ich eben schmutzige Wäsche sortiert habe und es Sommer ist, stehe ich nackt (6) vor dem Becken und dem großen Spiegel mit dem vergoldeten Bilderrahmen.

(6) Ich stehe nicht oft nackt vor dem Becken, wenn ich mir die Zähne putze. Es dient hier tatsächlich einem gewissen literarischen Experiment, mich schreibend, dem Unbeschreiblichen auszusetzen und dabei Unaussprechliches dringend zu vermeiden.

Zuerst wasche ich mir die Hände. Es dauert ein bisschen, bis das Wasser angenehm warm dafür ist.

Während ich fühle und warte, betrachte ich den alten Mann im Spiegel. So lange er gerade steht, geht es noch. Auffällig wabbelig, die Brustmuskulatur beim leichten nach vorne Beugen, wenn die rechte Hand zum Hahn geht, um die Temperatur zu erfühlen.

Der Schnellreiniger für die 'Dritten' braucht eine gewisse Temperatur.

Denke darüber nach, dass meine Haare viel zu lang geworden sind und damit viel zu aufwendig in der Pflege.(2)

(2) Etwa vor einem Jahr nahm ich mir vor, meinen 'Style' ein wenig zu ändern. Ich googelte 'Frisuren Männer'. Auf den ersten drei Trefferseiten waren sämtliche Haarmodels unter dreißig. Was diese auf dem Kopf hatten, waren dann auch wirkliche Frisuren, weit entfernt davon, pragmatisch und pflegeleicht zu sein, was eine Männerfrisur unter anderem auch unbedingt sein sollte.

Laut FAZ-online vom 28.05.2013 leiden 80%

der männlichen Mitteleuropäer unter Haarausfall. Wahrscheinlich ist das der Grund, warum man über 40 so langsam aus der Herrenfrisurzielgruppe (3) rausfällt.

Es tut weh, in bunten Bildern auf dem Monitor belegt zu sehen, wie schnell der Mann als solcher, augenscheinlich auf dem Kopf, verwelkt.

(3:)Weitere Zielgruppen (7)

aus denen ich bereits altersbedingt heraus falle:

- Windelkäufer

- bestimmte Formen der Altersvorsorge

- Einzelkämpfer-Action-Filme

- bestimmte Musiksender

- Turnschuh-Geschäfte

- Cannabis-Aufklärung

(7:) Zielgruppen, in die ich dafür komme:

- Faltencreme

- Elektrofahrräder

- Wellnesseinrichtungen

- Epische Erzählfilme

- bestimmte Musiksender

- Gesundheitsbücher

- Hobby-Zeitschriften-Abos (10)

(10) Man legt sich halt fest.

(2.b) Ich googelte auf alle Fälle auch nochmal 'Frisuren ältere Männer'.

Das erste Trefferbild war von George Clooney.

'Schon mal 'ne andere Liga.', dachte ich.

Das zweite Bild zeigte einen gut gepflegten Mann um die sechzig, der locker aufgestützt, in einem hellen Anzug auf einem Chaiselongue dahin lag.

Sein Haupt zierte eine lange, volle , silberne Surfermatte.

"Jawoll!", dachte es mich und seitdem lasse ich meine Haare wachsen.

Bis Neujahr werde ich das durchziehen und ab September kommt ein Vollbart dazu.

'Style verändern' nennt sich das und es wirkt auf mich tatsächlich befremdlich, diesen Dandy mit diesem schwuchteligen Schwung Haare auf dem Kopf im Spiegel zu sehen. Auf der anderen Seite passt es auch wieder. Ist der Tod doch ein Dandy, wie einst Blixa Bargeld in die damalige Welt hinauskrähte.

Nehme dann nach dem Händewaschen stets zunächst meine dritten Zähne raus. Erst vorsichtig, die Friktion der Oberen los rütteln, dann schneller die Unteren, rausgedrückt mit der Zunge. Grinse mir kurz im Spiegel zu und finde, die silbernen Stifte im Mund haben etwas Verwegenes.

Die Prothesen in den blauen Becher mit warmem Wasser. Reiniger dazu. Lustig blubbern die kleinen Bläschen im Strahlenkranz des Oberlichtes und bilden einen rein weißen Teppich.

Putze mir mit der elektronischen Zahnbürste die Zähne.

Bis mir Pastafäden aus den Mundwinkeln tropfen, trete ich ein paar Schritte zurück und pose ein wenig vor dem Spiegel. Dabei schiebe ich einzelne Partien meiner Oberfläche in eine Flut Sonnenlichts, das durch das Dachfenster hineinfällt. Schulter und Hals mag ich. Bei Haltung auch die Brustpartie. Der Bauch eindeutig die Karikatur eines Bauches, ähnlich einer Holzpuppe aus dem Schwarzwald (1), meine Lenden, meinen Schwanz mit der gepflegten Behaarung mag ich, den straffen Sack ebenfalls. Rücken o.k., der Po ebenfalls nur mit Aufwand erträglich im gleißenden Sonnenlicht. Alles in allem eben der Körper eines Mannes um die 50.

(1) Ich meine geschnitzte Holzpuppen, wie sie in der Nähe von Freiburg oft in Gasträumen von urigen Gasthäusern standen, als ich ein Kind war.

Ich denke an die, welche mit Augenzwinkern die deutsche Gemütlichkeit darstellen sollten;

oft ältere Männer mit Hut und Bart, einer knielangen Bundhose, Holzschuhen an den Füßen, oft nicht allzu bunt, eine lange Pfeife in der einen und einen Humpen Bier in der anderen Hand. Ihre Gesichter erinnern an die wintervertreibenden, hölzernen Masken der Fastnachtshexen dieser Gegend.

Als Kind empfand ich diese Figuren oft als garstig.

Heute denke ich mit Blick auf diese komische Modeliermasse an mir, darüber nach, ob diese Figuren der Kindheit mich gerade als eine Karikatur deutscher Gemütlichkeit entlarven und ob das nicht vielleicht auch o.k. ist.

Das allgemeine Körperschönheitsideal für Männer dieser Zeit rauscht ja doch eher an mir vorbei.

Tatsächlich bin ich ein wenig stolz auf meine

neugewonnene müßige Gemütlichkeit.

Ob diese deutsch ist, weiß ich nicht.

Ich wirke auf alle Fälle auf einer Holzbank sitzend, mit einem Bier in der Hand und einer Pfeife im Mund authentischer, als wenn ich an dieser Bank waldlaufend vorbeirennen würde.

Mundspülung als Nächstes. Fahre mir dabei mit der rechten durch die schwer zu bändigende Frisur.

Spare mir heute die Rasur und lass das Wasser der Dusche laufen. Bei dem Plätschern und Trommeln geh ich lieber nochmal pinkeln, bis das Wasser angenehm temperiert ist.

Morgendliches Duschen bei Sonnenschein bietet auf allen Ebenen Reize für die Sinne. Das Glasperlenspiel der spritzenden Tropfen, das warme Wasser auf der Haut, die Berührungen, der Duft der Seifen und Shampoos. Oft hat es etwas ganzheitlich Reinigendes, etwas Läuterndes. Bin immer wieder überrascht, wie anständig (5) ich mich nach einer ausführlichen Reinigung fühlen kann.

(5) Als Kind hat mir die Beichte ein Gefühl

beschert, dass sich getrost als 'geläutert' bezeichnen lässt. Heute reicht ein wenig Wasser aus dem Hahn. Leicht wie eine Feder. Nichts, was mehr belasten würde. Neustart. Reset gedrückt, eben geduscht.

'Anständig' habe ich mich eigentlich bis weit über 30 immer gefühlt. Vielleicht ein kleiner Anständigkeits-Narzissmus.

Natürlich habe ich ne LKW-Ladung voller Fehler gemacht, war unfair, verletzend, bösartig, aber ich hatte das Gefühl eben 'anständig' damit umzugehen, vorausgesetzt, ich habe irgendetwas gemerkt.

Zudem besteht die Möglichkeit, dass es, auf Grund des Geflechtes von Beziehungen und Geschichte(n), in die man verstrickt ist, wahrscheinlich gar nicht möglich ist, wirklich immer anständig zu bleiben. Gewusst habe ich das schon lange, aber die eigentliche Erfahrung mache ich, im spürbaren Sinn erst jetzt.

Das Abtrocknen findet als rein pragmatische Handlung oberflächlich statt. Perlende Nässe zeichnet längliche Schlieren auf meinen Bauch.

Freue mich, dass ich alles sehen kann. Fußspitzen, Füße, Unterschenkel, das meiste der Oberschenkel, Schwanzspitze, gerade stehend, ohne vorbeugen. Geht doch, geht noch.

Mit einer alten, ausgefransten Nagelbürste schrubbe ich dann kräftig die eingeweichten 'Dritten'. Wieder zuerst die oberen, dann die unteren. Auf den Backenzähnen gibt es ein paar Einfärbungen, die ich bei aller Mühe nicht heraus bekomme, abspülen unter dem Wasserhahn und dann einklicken. Klick, klick. (8)

> *(8) Ich habe ein neues Interesse an dem Erhalt der restlichen eigenen Zähne gewonnen. Dieses nicht um mir weitere Behandlungen und Kosten zu ersparen, sondern weil die Zähne neben den Knochen das sind, was physikalisch am längsten erhalten bleibt. Im Museum sieht so ein zerzauselter Schädel mit Zähnen doch sehr viel spannender aus als ohne. Unmögliche Eitelkeit.*

Bin ich dann angezogen, hat der Tag zumeist seine Jungfräulichkeit verloren. Oft sind erste SMS eingetroffen und fortschreitende Zeit erzwingt ein wenig strukturiertes Vorgehen. Der Tag frisst sich selber auf.

Zufrieden werde ich jetzt ein wenig aufräumen, bevor ich dann mit dem Hund gehe und die anderen eintrudeln.

Bin angekommen in diesem Tag, was immer das bedeutet.

*Nächtliche
Hunderunde*

Selten,

aber tatsächlich Dunkelheit und Stille

draußen,

fast.

Nur das

sägende Hintergrundgeräusch der Autobahn

weht als ein Klangteppich herüber von

irgend woher. Das ist immer da.

Das Intro bildet das Rascheln meiner Jacke,

im

Rhythmus des sich im Gehen wiegenden

Oberkörpers.

Die Funktion des Basses

übernimmt mein vom Alltag schwerer Schritt,

mal lauter, mal leise,
in den leicht verzogenen Synkopen eines
älteren Herrn.

Wie trunken treibt das
Tippelditippeldi der flinken Hundekrallen auf
dem Asphalt vorwärts,
einem Shaker, oder einer Hi-Hat gleich.

Ein Spaziergang hat seine Bestimmung
gefunden.

Treibt dahin.

Plötzlich ein
Stolpern, ein Break,
ein Stopp der Bewegung.

Der Hintergrund, das Sägen, ist
das Einzige, was bleibt.

Fortwährend.

Darüber das freche Plätschern eines
kanalisierten Baches.
Klar und frisch erinnert es irgendwie an das
Licht des
Tages.
Als ob es im Klanggemenge der
Wassermoleküle gespeichert wäre.

Das
vorwitzige Geräusch eines Baches klingt
einfach nie nach Nacht.

Leises Stippen einzelner kleinster
Regentropfen
setzt leise Akzente auf dem
Polymerdingsbums meiner Jacke.

Wieder ein Stolpern. Ein Wanken.
Das unverhältnismäßig laute Schleifen meiner
Sohle auf Schotter verhält sich wie das
unpassende Scratchen eines DJs in einer
tragenden Soulnummer.

Schwerr, setzt
der Bass des vom Tag trägen Schrittes wieder
ein.

Der Beat ändert sich, weil der Untergrund von
Asphalt auf Schotter wechselt. Er verliert
dadurch an Gewicht.

Das sägen der Autobahn morpht zu einem
seichten Heulen.

Ein flirrendes Vogelsolo wäre jetzt schön.
Stattdessen hupt ein Auto, nicht wirklich
überzeugt.

Die Vögel schlafen schweigend.

Jemand spricht Worte hinter
geöffneten Fenstern.

Nehme nur zivilisierte Geräusche war.

Nachtvogellosigkeit gerade.

Einziges Geräusch: der sägende
Hintergrund.

Verhallende elf Glockenschläge.

Nachtvogellosigkeit
gerade.

Die Coda: ein langes Ausatmen, beendet
durch den trockenen Bassdrumkick der
zufallenden Haustür.

Das Spiel

mit

Himmel und Hölle

- Erzählungen -

*Die seltsame Geschichte,
des Karosseriebauers
Thorsten Müller*

Intro.

Der Karosseriebauer Thorsten Müller zieht sich kurz vor Feierabend einen Kaffee aus dem Automaten der Werkstatt.

Zu früh tut er das.

Der Automat hält nur kurz inne. Müller zieht den braun geriffelten Pappbecher aus der Ausgabe. Ein Nachschlag der Flüssigkeit ploppt aus dem dünnen Edelstahlrohr, dampft in das kleine Auffangschüsselchen und tropft schließlich in einem feinen Faden an dem Automaten herunter und bildet ein Pfützchen auf dem grauen PVC-Boden, lediglich in der Größe eines 2-Euro-Stückes.

Er hätte es wissen können, wissen müssen, aber er war halt er.

Machtlos schaute Müller dem Vorgang zu. Er schüttelte den Kopf. Es schien zu seinem bisherigen Tag zu passen. Da musste schon etwas anderes schief gelaufen sein. Thorsten Müller stöhnt auf, ohne dass es besonders überrascht klingt.

Auf dem Weg zum Parkplatz begegnet er dem Chef des mittelständischen Unternehmens in seinem SUV. Müller grüßt, der Chef nicht.

Kurz, fast nicht wahrnehmbar, hält der Arbeiter in seiner Bewegung inne, reckt sich, um gleich danach die Schultern wieder zu senken und sich in die Gegebenheiten zu fügen. So ein Chef muss einen ja nicht grüßen.

Müller weiß nicht, dass der Chef gerade einen Termin bei seinem Anwalt hatte, weil er bei einer Polizeirazzia vor einem halben Jahr, im Winter, in einem Flatrate-Club mit einer minderjährigen Prostituierten aus Kolumbien ohne Aufenthaltserlaubnis angetroffen wurde. Es sieht nicht gut aus für den Chef, sonst hätte er wahrscheinlich gegrüßt, aber das weiß Müller ja nicht, auch nicht, dass die Frau des Chefs, wegen dieser Geschichte mit der kleinen Tochter zu ihrer Mutter gezogen ist.

I.

Zu Hause angekommen, öffnet der brave Karosseriebauer sehr leise die Wohnungstür.

Das macht er immer so, so vorsichtig.

Im Flur der 5-Zimmer-Wohnung in dem Mehrfamilienhaus, am Rand der Vorstadt zieht er sich ebenso leise die Schuhe aus. Er ist bestimmt nicht der polternde Typ. Das passt zu seiner leptosomen Erscheinung, die Schultern leicht nach vorne gezogen. Insgesamt wirken seine Bewegungen wie bei jemandem, der grundsätzlich nicht bemerkt werden will.

Aus der einen Spalt geöffneten Tür zum Schlafzimmer dringt die Stimme seiner Frau Adele. Sie telefoniert.

"Es ist so aufregend.", ihre Stimme klingt eifrig und lebensfroh, fast zu keck für eine Frau um die Vierzig.

"Meinst du, ich soll es ihm heute schon sagen?", ängstliche Unsicherheit taucht in der Frage der Frau auf.

Müller, der still in die Küche gegangen ist, horcht auf. Er stellt seine Tupperware, in der sein Frühstück verstaut war, brav in die Spülmaschine. Ein gewisser Unterton in der Stimme seiner Frau lässt ihn aufmerksam werden.

"Ich würde es gerne erst den Kindern beichten.", fürsorglich, die Stimme der Frau.

Noch fürsorglicher, leiser: "Oh Mann, wenn ich ihm da reinen Wein einschenke, kommt er nicht mehr klar."

'Warum zuerst den Kindern? Und was?', langsam und leise, auf Socken, geht der Mann zurück in Richtung Schlafzimmer. Hätte er doch laut "Hallo!" gerufen, wie es alle anderen Männer auch tun, wenn sie nach Hause kommen.

Wieder ist die Stimme der Frau zu hören, diesmal verzückt:
"Ohhh Liebling, das darfst du so nicht sagen."

Der Mann versucht, immer noch sehr vorsichtig, durch den Spalt der geöffneten Tür einen Blick ins Innere des Schlafzimmers zu erhaschen.

"Wie unglaublich das ist. Und du meinst, das klappt, dass du mich dann abholst? Ich mein', wir machen das dann echt und wirklich? Nur wir beide? Abgedreht! Ich weiß nicht, wann mir das letzte Mal sooo das Herz geklopft hat. Das wird traumhaft. Küsschen.", kurze Pause, "Ich bin glücklich."

Der Mann hinter dem Türspalt zieht seine Schlüsse aus dem Gesehenen und sich sehr, sehr langsam in den Flur zurück. Eher wie ein Schatten denn ein Mensch klaubt er fast unhörbar den Autoschlüssel vom

Schlüsselbrett an der Garderobe.

"Ich und du, wir sind schon was ganz Besonderes.", die Stimme der Frau, fast zärtlich, auf dem Bett im Schlafzimmer, rücklings liegend, den einen Arm hinter dem Kopf verschränkt, in Unterwäsche, frisch geduscht. Das hat er durch den Spalt gesehen. Das und das Gehörte reicht dem Karosseriebauer für logische Schlüsse.

Es klickt nur ganz leicht, als er die Etagentür hinter sich zuzieht. Es ist ungefähr 19.00 Uhr.

Müller weiß nicht, dass seine Frau Adele lediglich mit ihrer besten Freundin Desirée telefoniert. Die hatte angerufen, als Adele gerade aus der Dusche kam. Desiree hat eine Urlaubsprämie als Sekretärin in einem großen Automobilkonzern verliehen bekommen und lädt nun ihre beste Freundin zu einer Kreuzfahrt nach den Malediven ein. In den Sommerferien, die Adele und Thorsten eigentlich mit den Kindern geplant hatten, auf einem Campingplatz im Harz.

Müllers Logik ist durcheinander geraten.

Er hat sich eben bislang nicht für Telefonate seiner Frau mit ihrer besten Freundin Desiree interessiert, sich nicht einmal für Desiree interessiert.

Geschlafen hat er vor ungefähr einem Jahr das

letzte Mal mit Adele, fünf Minuten. Er weiß, dass auch das eine Rolle spielt.

Müller zieht die falschen Schlüsse.

II.

Der brave Arbeiter fährt den alten schwarzen Volvo in den Juliabend, auf der Autobahn Richtung Westen. Weil ihn die Sonne blendet, nimmt er am ersten Kreuz einen Wechsel auf die Bahn Richtung Norden vor, umkreist quasi die Stadt, in der er lebt, und verlässt mit diesem Gefühl die Autobahn, auf einem Zubringer, der sich der Stadt von Osten her wieder nähert.

Seine Route wirkt ziellos, während der ganzen Zeit hört man nur das ruhige Tuckern des alten Motors.

Müllers Mienenspiel verrät keinerlei innere Bewegung, möglicherweise ist ihm die gar nicht möglich, möchte man denken.

Unter den hell beleuchteten Reklametafeln eines riesigen Tankstellen-Areals parkt der Mann den alten V70. Er sitzt einige Sekunden hinter dem Volant des Wagens. Beide Hände immer noch am Steuer.

Dann verlässt er das Auto. Im Shop geht er zunächst an einen Geldautomaten und hebt

400,- € ab, nimmt sich zwei Halbe-Liter-Dosen Krombacher aus dem Kühlfach und zieht sich an der Kasse, während zwei Leute vor ihm stehen, noch einen 0,2 l Flachmann Wodka aus dem Regal. Thorsten Müller, der Karosseriebauer, trinkt in der Regel wenig Alkohol.

"Auch egal.", murmelt er leise vor sich hin, während er den Flachmann kurz betrachtet.

Hinter ihm giggeln zwei junge Mädchen, um die 16 Jahre, ausgehfertig für den Start ins Wochenende, unerfahren und zu bunt wirkt ihr Umgang mit der Schminke.

Müller dreht sich zu ihnen um. "Schlampen!", schleudert er den beiden Mädchen, völlig unerwartet grotesk, aggressiv und laut, wie ein Mutant, entgegen, sein Gesicht wirkt seltsam verzerrt.

Thorsten Müller hat das Gefühl der Wut schon fast vergessen und erschreckt sich offensichtlich selbst am meisten über seine verbale Entgleisung.

Die Mädchen schauen den Mann entgeistert an.
"Der spinnt", flüstert die Linke der Rechten unsicher zu.

Sie wissen nicht, dass er gerade glaubt, dass seine Welt zusammenbricht, dass er sich durch ihre alberne Ausgelassenheit an das Telefonat seiner Frau Adele erinnert fühlt.

Müller weiß das ja nicht mal selbst. Er ist nur gänzlich verunsichert, schaut sich um, ob jemand etwas mitbekommen hat.

Der Kassierer hat es mitbekommen und schaut ernst zu ihm herüber.

"Hey, kommen sie mal vor, ich rechne sie mal eben ab.", sagt dieser freundlich aber bestimmt zu dem verwirrten Karosseriebauer.

Wie ein ertapptes Kind stellt Müller den Wodka zurück in das Regal, kippt dabei zwei andere Fläschchen um, wendet sich nochmal zu den beiden Mädchen und spricht langsam ein zutiefst demütiges "Entschuldigung".

Während er dem Kassierer die zwei Bier hin hält, fangen die Mädchen wieder an zu tuscheln und zu giggeln. Jetzt haben sie sich und anderen etwas zu erzählen, genau wie die erwachsenen Frauen vor ca. einer Stunde auch.

"2,60 €, bitte", sagt der Kassierer sachlich.

Müller bezahlt und verlässt, den Kopf tief zu den Schultern herab gezogen, den Shop.

Müller weiß nicht, das Adele, zu Hause schon seit 30 Minuten gar nicht mehr giggelt. Sie macht sich Sorgen und weiß von all dem, was hier gerade passiert, gar nichts. Auf der Kommode an der Garderobe liegt Müllers Handy. Keine Chance ihn zu erreichen. Das Gefühl kennt Adele, selbst wenn Thorsten da ist.

III.

Zwölf Minuten später parkt der Karosseriebauer Thorsten Müller seinen Wagen nahe der Innenstadt vor einem typischen Stadthaus aus den 30'er Jahren. Solche Bauten gab es in diesem Teil der Stadt viele. Hier wohnt Müllers einziger Freund Peter Weinerle. Die beiden kennen sich schon seit der Berufsfachschule. Vor ein paar Tagen bezeichnete er Adele gegenüber Peter noch als seinen 'besonderen' Freund. Niemals würde er auch nur im Scherz 'Schätzchen' o.ä. zu ihm sagen, wie Adeles Freundin Desiree manchmal ihre beste Freundin bezeichnet. Respektlos und frivol fand Thorsten das. Niemals würde er scherzen, scherzen mit den Begriffen der Freundschaft und der Liebe, das würde er sich niemals trauen. Thorsten Müller ist loyal. Sehr loyal.

So loyal, dass er seine Frau entlässt, wenn er ihr nicht mehr genügt.

Dass er nicht mehr genügt, dessen ist er sich sicher. Er hat jedoch keine Idee, wie er es besser machen könnte.

Weil das so ist, steht er nun mit zwei Bier vor der Haustür des Peter Weinerle und klingelt im zweiten Stock.

Thorsten Müller weiß nicht, dass seine Frau mehrfach versucht hat Peter Weinerle zu erreichen, dieser aber nicht dran gegangen ist und auch den Anrufbeantworter auf 'lautlos' gestellt hatte, da ein 'romantisches Abendessen für Zwei' vorbereitet ist.

Thorsten klingelt nochmal.

Es dauert ein, zwei Minuten bis aus der Gegensprechanlage ein für die Tageszeit recht fröhliches "Hallo. Ja?" knistert.

"Ja. - Hallo. - Peter?", stammelt Müller,"ich bin's, Thorsten. Stör' ich?".

"Hmm. Thorsten. Warte mal." knistert es.

Kurze Pause.

"Ach Quatsch, komm erst mal hoch."

Der Türsummer summt und Thorsten Müller verschwindet in dem wuchtigen Bau. Von außen sieht man, wie die Lichter im Treppenhaus angehen.

Mit jeder Stufe, die Thorsten Müller nimmt,

wirkt sein Gang ein wenig leichter, aufrechter, so als würde er bei dem Gedanken an den Freund Schritt für Schritt an Sicherheit zurückgewinnen. Seine inneren, logischen Strukturen scheinen mit jedem Schritt wieder mehr den allgemeinen Übereinkünften gerecht zu werden.

Nur mit einem weißen, um den Bauch gebundenen Frotteehandtuch bekleidet steht Peter Weinerle da. Er stützt sich am Geländer des 2. Stocks ab und betrachtet den heraufkommenden Müller. Dieser hält einen Moment inne, als er den blanken, rasierten Oberkörper seines Freundes wahrnimmt.

Sein zentrales Nervensystem tanzt einen komplizierten Tango. Die Haare des Freundes trocken. Müller gelingt es nicht, den Tango zu führen. Irgendwas stimmt im Bild nicht. Der Tanz untanzbar, weil Weinerle fast nackt vor ihm steht und offensichtlich nicht gerade geduscht hat und auch nicht gerade duschen will, nichts deutet darauf hin, irgendetwas macht die Szene irritierend. Thorsten Müller hat keine Idee was das sein könnte. Es gibt da nichts außer einem Handtuch und die Nacktheit.

Peter Weinerle bemerkt sofort, dass mit seinem langjährigen Freund etwas nicht stimmt. Er stößt sich mit sanfter Energie vom Geländer ab und richte sich auf. Geht einen winzigen Ausfallschritt auf Müller zu.

"Thorsten, was ist dir denn passiert ? Du siehst schlecht aus. Dass du so unangemeldet hier aufschlägst, bist doch sonst nicht so." Die Stimme sanft, wohltuend, sympathisch, aber viel zu hoch für einen Mann mit solch einer ansehnlichen, gepflegten, durchtrainierten Statur, viel zu hoch. Die Stimme verleiht Weinerle etwas unbestritten weibisches, macht ihn zu einer lächerlichen Figur.

Wegen der Stimme und weil Müller manchmal so seltsam war, wurden sie damals Freunde in der Berufsschule.

Die Außenseiter: Müller und Weinerle.

Weinerle hielt damals immer noch ein bisschen die Verbindung zu den Anderen und fühlte sich deshalb, weil er ein guter Kerl war, für Müller stets auch verantwortlich.

So wie jetzt, als er da so im Badehandtuch am Treppenabsatz steht und sieht, das Peter Müller nicht mehr wirklich klar kommt.

"Warte mal", sagt er fast liebevoll. "Pass auf! Ich red' nicht lang d'rum herum. Ich habe Besuch." Das Wort 'Besuch' unterstreicht er mit einer bedeutungsschweren Pause. " ... und Peter." Wieder Pause. " ... Ich mag den Besuch nicht wegschicken. ... Erstmal."

Man sieht dem Gesicht von Peter Müller an,

dass er nicht ein Wort von dem, was Weinerle sagt, versteht. Seine Stirn liegt in Falten und sein Mund bekommt einen weinerlichen Zug, seine Augen bilden ein einziges Fragezeichen.

"Mensch. Thorsten." Beide Worte zieht Weinerle so lang, dass sie wie ein freundschaftlicher Knuff in die Seite wirken."Warte einfach hier. O.k.? Ich geh eben rein, kläre die Situation und dann trinken wir beide dein Bier und sehen weiter. O.k. ? Das ist doch ein Plan."

Thorsten Müller, erleichtert darüber, dass es einen Plan gibt, atmet aus. Der komplizierte Tango schien sich vorerst in einem finalen Akkordeonlauf aufzulösen.

"Ja, das ist ein Plan." sagte Müller, eine Idee zu steif, im Gegensatz zu Weinerles immer noch verhalten scherzendem Ton.

"Prima", sagt Weinerle und verschwindet, Müller zugewandt und so lange im Auge behaltend, wie es möglich ist in der Wohnung. Nach zwei Minuten taucht er wieder auf. Er hat sich eine grün-blau-weiß karierte Boxershort und ein altes, schwarzes T-Shirt mit dem Marvelhelden "Mr. Phantastic" übergezogen. Die Arme des Helden winden sich über das ganze T-Shirt.

"Komm rein." sagt er erleichtert, offen.

Thorsten Müller weiß nicht, dass Weinerle die Situation nicht mit einer Frau, sondern mit einem Mann geklärt hat. Das würde alle seine freundschaftlichen Gefühle, die er je zu seinem besten Freund gehabt hat, in Frage stellen, seine innere Logik würde zerstört sein. Gefühlsbilder wären nicht zu sortieren.

IV.

Der Karosseriebauer Thorsten Müller stellt wenig später die beiden Dosen Bier aus der Tankstelle auf den rustikalen Küchentisch. Ansonsten ist die Küche modern gradlinig und aufgeräumt. Es gibt nur wenige Spuren der Benutzung. Einzig eine Auflaufform schimmert durch die dunkle Backofentür, eine atmende Flasche Primitivo steht neben der Spüle und eine leere Flasche Bordeaux auf der Arbeitsfläche. Durch die angelehnte Tür zum Flur schwimmt sanfte Reggaemusik aus dem Schlafzimmer zu den beiden Freunden in der Küche. Müller nimmt ausschließlich das monotone Quäken der Rhythmusgitarre wahr. Tschak, tschak, tschak. Immer wieder tschak, ganz gleichbleibend, Zeit verschleppend.

Eine wage Spur aus winzigen Brotkrümeln auf dem Tisch führt zu zwei langstieligen Rotweingläsern, an deren Böden ebenfalls krümelige Ränder roten Weines langsam eintrocknen.

Wieder die Rhythmusgitarre, die herein schwappt. Mehr zu sich selbst, als zu Peter Weinerle, sagt Müller:

"Na wenigstens kein komplizierter Tango."

Weinerle ist trotz des sicheren Auftretens innerlich doch ein wenig in Sorge und peinlich berührt, ob der unerwarteten Wendung des Abends, der so ganz anders verlaufen sollte. Nur zufällig und gedankenlos hat er überhaupt auf den Türsummer reagiert. Er war just in dem Moment mit einer Flasche Wein an ihm vorbei gegangen, als es summte. Kein Zufall.

Weinerle versteht die Bemerkung mit dem Tango als Andeutung auf das möglicherweise Kitschige und Schwüle der Atmosphäre, die er heute Abend in seiner Wohnung erzeugen wollte, Kerzen, Musik, Duftöle, Wein, Essen. Peter Weinerle war sich da selbst ganz unsicher, zumindest was Licht und Musik anging. Lange hatte er sich auf diesen Abend gefreut, aber das wusste Müller natürlich nicht.

Ohne sich etwas anmerken zu lassen, nimmt Weinerle sich eine der Dosen und öffnet sie mit einem tatkräftig ertönenden Zischlaut.

"Jetzt los Mann, erzähl, was ist passiert!", die Wortwahl wirkt völlig unpassend zur komisch-weibischen Stimme, die Artikulation einen Hauch undeutlich.

Eine kurze Pause entsteht, Müller sortiert sich, hebt an, atmet aus. Ein Sekundenzeiger tickt, obwohl Müller nur Digitaluhren sehen kann. Verwirrung, kurz, auf seinem Gesicht, dann konzentrierte Ernsthaftigkeit:

"Ich habe in der Tankstelle zwei junge Mädchen angebrüllt, weil Adele offensichtlich einen Anderen hat ! ... und mich verlassen will."

"Wie? Wann ? Adele dich verlassen ? Glaub' ich nicht! Wieso?" Weinerle klaubt angebrachte Floskeln von irgendwo her.

Auf dem Flur hört man nackte Füße auf dem Laminat tapsen. Müller ist abgelenkt, verstört:

"Ich hab sie telefonieren gehört, ... heute Abend, ... es ist wirklich so, ... weiß nicht, vielleicht weil es mir nicht gelingt zu genügen." Die Antworten Müllers, chronologisch korrekt auf Weinerles vorherige Fragen.

Eine beiläufige Bemerkung folgt auf ein kurzes Nachdenken des Karosseriebauers: "Da ! ... ist jemand auf dem Flur."

"Mein Besuch", der Gastgeber schon ein wenig nervöser, "er ist halt ein wenig enttäuscht, neugierig, eifersüchtig. Kein

Wunder, oder ?"

Müller, "Er?"

Weinerle, "DER Besuch!"

"Ach so."

Die wohlwollende, zugewandte Haltung Weinerles verändert sich von einem Moment auf den anderen. Irgendwas gefällt ihm nicht an Müller. Es muss sein Blick sein. Etwas anderes würde sich dem Zuschauer nicht erschließen, aber die beiden kennen sich ja auch schon wesentlich länger. Der Sekundenzeiger tickt nicht mehr.

Weinerle, konzentriert:

"Ich sag dir, wie es ist. Ich bin mir sicher, dass Adele dich … ", Weinerle muss aufstoßen und verzerrt und verzieht mit seiner weibischen Stimme so ein wenig die Mitte des Satzes," nich' einfach so verlassen wird ... ".

An dieser Stelle stockt die Wahrnehmung des Karosseriebauers Thorsten Müller.

Der weiß nicht, dass Weinerle mit seinem Besuch schon eine ganze Flasche 'Primitivo' beim Essen und eine Halbe an seinem Bett getrunken hat. Schnell, weil sie es schnell wollten. Ein wenig liegt das immer noch, trotz der Störung in der Luft.

Müller hört deutlich ein Atmen an der Küchentür. Der Tango, den sein zentrales Nervensystem tanzt, wird wieder komplizierter. Fühlen, nein, Führen gelingt ihm wieder nicht.

Müller stolpert innerlich über seine verdammte, verlangsamte Wahrnehmung verzerrte Worte, Tunnelgehör:

"*Ich bin mir sicher, dass Adele dich für mich, einfach so verlassen wird.*", hört er, verfremdet sein wirrer Kopf die Worten des Freundes. Er weiß, dass Weinerle etwas anderes gesagt hat, aber es ergibt einen fatalen Sinn. Sein Kopf verweigert eine Korrektur.

Der Karosseriebauer Thorsten Müller weiß nicht, dass er gerade dabei ist, einen ganz eigenen Film über diese Welt zu entwickeln.

Er wischt sich ein paar feuchte Tropfen von der Stirn. Das alles liegt so nah, ist so logisch.

Der rustikale Stuhl ächzt und kratzt über den Küchenboden, als Müller sich aufrichtet und seine geballten Fäuste aggressiv auf den Tisch stemmt. Tonlos, aber nicht minder eindrucksvoll formen seine Lippen die Worte 'du Arsch!', aber Müller hat gelernt, dass man so etwas nicht laut sagt, deshalb ist einzig ein verletztes Krächzen aus der Kehle des Verwundeten zu hören.

Die Rythmusgitarre hat tatsächlich ausgesetzt, eine Hammondorgel übernimmt.

Müller geht um den Tisch auf die Tür zu. Nackte Füße klatschen schnell durch den Flur. Die Schlafzimmertür fällt ins Schloss, Musik dringt durch die geschlossene Tür, gedämpft. Müller stapft durch den Flur der Person hinterher, starrer Blick. Wie jemand, der im Wahn um Wahrheit bemüht ist, reißt er die besagte Tür auf, absolut sicher in seinem wirren Denken, Adele dahinter zu finden.

Er schreckt zurück, wankt, greift sich an den Kopf, dreht sich hilfesuchend zur Küche, dreht sich zu Weinerle, der da nicht steht. Wieder wanken, dann übergibt er sich in einem großen Schwall, der auf dem Boden einen eigenen 'kleinen Kontinent' bildet. Das denkt er: "Wie ein kleiner Kontinent", über seine Gedanken verwundert.

"Mit Hügeln und Inseln", sagt er leise zu Weinerle, der verstört aus der Küche kommt, wobei der Karosseriebauer wie ein kleines Kind auf den Kotzefleck im Flur zeigt.

Sehr leise, sehr, sehr einfühlend sagt Weinerle: "Müller, geh!"

V.

Bei 5500 Touren pro Minute steuert der Karosseriebauer Thorsten Müller den alten, schwarzen V70 mit 167 km/h über die Autobahn, die Richtung Westen die Stadt verlässt. Genau so, wie er es vor zwei Stunden schon getan hat. Sein Kopf gibt sich alle Mühe genau diese zwei Stunden zu vergessen. Wie Fliegen verscheucht er die Bilder vor seinen Augen. Ein wenig wird das Fenster runter gelassen. Angenehm kühle Sommernachtluft strömt in das Wageninnere.

Er braust, ohne auf Geschwindigkeitsbegrenzungen zu achten, an der Abfahrt Richtung Norden vorbei, die er zuvor genommen hatte, weiter Richtung Westen, Richtung Holland.

Müller hat Hunger. Seit der Mittagspause hat er schon nichts mehr gegessen. Er beschließt an der Raststätte 'Waldesruh', die in wenigen Kilometern kommen wird, etwas zu essen. "Ich muss was essen.", denkt er laut in das gleichmäßige Brummen des Motors. "Vielleicht muss ich dafür mit gar Keinem sprechen."

Er beschließt, sich einfach ein paar Riegel Süßigkeiten an der Kasse der Tankstelle zu kaufen. "Da passiert schon nichts." Er stutzt: "Warum sollte auch was passieren?" Leise und eigenartig berührt; seine Worte ohne Adressat.

Ohne darüber nachzudenken, verringert der

Karosseriebauer sein Tempo auf der Autobahn auf 130 km/h. Ein Schwarm Spatzen zieht hoch genug über die Bahn hinweg. Er scheint zögerlich.

Er weiß nicht, dass gerade die Altenpflegerin Gina Sunshine ihr Wohnmobil mit dem roten Herz weit hinten auf dem Parkplatz der Raste parkt. 'Ein bisschen dazu verdienen' will sie heute Nacht, ist sie fest entschlossen. Das macht sie zweimal im Monat, Freitags. Davon macht sie dann große Fahrten, in ferne Länder, einmal im Jahr.

Müller kennt die Raststätte und weiß, dass sie bekannt ist für das gute Essen, welches in der Autobahngaststätte serviert wird. Schokoriegel werden ihm bei Gedanken an gebratenem Schinken, an Bratkartoffeln, verschiedene Rahmsaucen, Erbsen, Möhren oder starkem Kaffee zuwider.

"Ich muss was Anständiges essen." vervollständigt er seinen vorherigen Satz. Das ist ihm auch bei den Kindern wichtig, das Essen.

Der Gedanke stärkt ihn. "Was soll schon passieren?", geflüstert, leise über dem Brummen des alten Schwedenpanzers, er freut sich sichtlich über ein bevorstehendes *anständiges* Essen.

Der Karosseriebauer Thorsten Müller blinkt

auf die Abfahrt der Raststätte, er weiß nicht, dass Peter Weinerle sich mittlerweile beruhigt, den AB abgehört und mit Adele telefoniert hat.

Er weiß nicht, dass es keinen Grund dafür gibt, dass die individuelle Zeit-Raum-Kapsel seiner Existenz gerade in genau diese Richtung düst, weiß nicht, dass Frau und Freund sich ehrlich um ihn sorgen, dass bislang eigentlich nichts passiert ist.

Thorsten Müller weiß nicht mehr sicher, wie all' die Dinge zu deuten sind. Er hat es vergessen. Ihm fehlt die Zeit Ordnung zu schaffen.

"Es könnte nicht alles ganz anders sein. ", denkt es ihn.

"Es ist alles ganz anders."

VI.

In der Autobahngaststätte sind die Gänge zwischen den blanken Stahlrohren, die sich durch den Raum winden, völlig leer. Keine Schlange von Gästen, die es in eine Reihenfolge zu bringen gilt, wie wenn z.B. drei oder vier Reisebusse gleichzeitig reinkommen.

Artig geht Müller die unendliche Strecke in

Serpentinen auf den Selbstbedienungsbereich zu. Das Grau des Tabletts erinnert ihn an die Oberfläche eines Plastik-Campingbechers aus Kindertagen. Es ist Sommer und warm, damals und auch heute. Außer dem Karosseriebauer sind noch zwei osteuropäische LKW-Fahrer vor ihm an der Theke. Ein Glücksspielautomat spielt kurze, schräge Melodien. Keiner spielt.

'Osteuropäisch' hört er, 'LKW-Fahrer' denkt er sich.

Sie scheinen ebenso verwirrt und unsicher wie er von der Angebotspalette und der Art, wie man sie sich zusammenstellen kann. Die einzelnen Bestandteile wie Fleisch, Beilagen, Gemüse, Saucen, Desserts sind übertrieben beleuchtet drapiert hinter einer Glasscheibe. Alles ist ein wenig zu bunt. Nicht mehr zu sortieren.

Große, strahlende Leuchttafeln versuchen schwierige Inhalte einfach zu vermitteln. Man soll sich nach bestimmten Vorgaben die Mahlzeiten selber zusammenstellen.

Die beiden Frauen, die ihren Dienst tun, um die 50, in weinroten Uniformen, sind mürrisch, fast unfreundlich. Müller freut sich, dass die beiden Fahrer Schwierigkeiten haben, etwas zu bestellen, was in die bearbeitbare Struktur der Bedienungen passt.

Müller macht das sicherer.

Eine Wespe, die sich für den Bruchteil einer Sekunde auf seinem Ohrläppchen nieder lässt, um gleich darauf weiter zu fliegen, holt ihn aus seinen Gedanken.

Eine der Mürrischen spricht ihn zeitgleich an.

"Von dem Schinkenbraten bitte, mit Grünkohl. Als Beilage bitte Pommes ... und ... von dieser Sauce nehm' ich. ... und ... gerne einen starken, ganz normalen Kaffee dazu.", bestellt er in dem Moment, in dem die Wespe weiter fliegt und summt. Gerade liest er aus dem Augenwinkel, auf der Leuchttafel „Cordon Bleu". Das 'Cordon bleu' hätte er jetzt viel lieber, traut sich das aber nicht zu sagen.

Draußen auf der Besucherterrasse, weiter hinten, gegenüber der Tür, sucht er sich einen Platz, von dem aus er alles im Blick hat.

Der Schinken war eine gute Wahl, das grüne Kraut eine Qual, Pommes und Sauce versöhnen.

Seit Stunden das erste Mal kann Thorsten Müller das, was er tut, auch genießen. Er kommt seit Stunden das erste Mal ein wenig zur Ruhe.

Er weiß nicht, dass Gina Sunshine ihn

gerade als ihr 'Opfer' ausgemacht hat. Sie sucht sich ihre Freier immer selbst aus. Andersherum kommt ihr nicht ins Wohnmobil. Sie erscheint nicht blond und aggressiv, wie man es erwarten würde. Gina ist schwarz gefärbt und wirkt wie eine ganz normale, sportliche Fau um die Vierzig in Jeans und T-Shirt. Ein Kumpeltyp.

Gina Sunshine ist es wichtig, dass der Job auch Spaß macht. Gerne verführt sie die zum entgeltlichen Beischlaf, die von alleine auf so etwas gerade gar nicht kommen. Thorsten Müller scheint so einer zu sein.

"Sind wir verabredet ?", ohne eine Antwort abzuwarten, setzt Gina sich Müller gegenüber auf die zweite Holzbank, auf der anderen Seite des Tisches.

"Ähm, ich denke nicht.", raunt Müller, ein wenig durch das Essen und die osteuropäischen LKW-Fahrer gestärkt und sicherer. Das hier scheint ihm kein komplizierter Tango zu werden.

"Was nicht ist, kann ja noch werden", Gina frech.

Das Flackern der zwei Teelichter in der Mitte des Tisches verleiht ihrem Gesicht noch mehr Lebhaftigkeit, als es eh schon hat. Sie weiß oft in den ersten zehn Sekunden, ob etwas geht oder nicht. Dieser Mann hier war sicher.

"Ich heiße Gina und du ?"

Der Karosseriebauer Thorsten Müller weiß nicht, in wie viel tausend Teile die Wahrnehmung von ein und der selben Welt geteilt sein kann. Er weiß nur, dass er sich gerade getrennt von allen anderen wahrnimmt, getrennt von seiner Frau. Dass dies ein Gefühl ist, spürt er nicht. Das verwirrt ihn.

VIII.

"Bitte. ... Ich möchte nicht ... reden, ... eher allein ... sein." Der Karosseriebauer Thorsten Müller zerlegt den Satz beim Sprechen, wirkt aber so, als würden seine Wahrnehmungen gut sortiert verarbeitet, anders als in Weinerles Wohnung.

"Wir müssen nicht reden.", Gina selbstbewusst. Die Bremsen eines 30-Tonners quietschen in der Ferne. Es riecht nach Benzin und Abgasen. Die Nacht ist langsam hereingebrochen.

Thorsten Müller und Gina Sunshine sitzen sich etwas über eine halbe Stunde schweigend gegenüber. Zumeist blicken sie ernst und nachdenklich, alle paar Minuten lächeln sie sich an. Kurz, zunächst auch aus Höflichkeit.

Anfänglich wirkt Müller nervös, rutscht auf

seiner Seite der Bank hin und her, blickt in Richtung des Parkplatzes, zu seinem Auto, sucht mit dem Blick eine Uhr. Er kommt nicht auf die Idee, einfach zu gehen. Er ahnt, dass es eine nahe liegende Idee geben muss. Das macht ihn nervös. Je mehr Zeit jedoch vergeht, desto mehr entspannt sich der Flüchtende, der gar nicht so genau weiß, wovor er flieht.

Ein ausgefranstes Wolkenloch gibt einen kurzen Blick auf den Mond frei. Das scheint ein Zeichen für Gina zu sein. Sie erhebt sich. Das erschreckt Müller. Er will nicht, dass das aufhört. Er saugt sich an der Situation fest, weil er keine Idee von der nächsten hat.

Gina umrundet den Tisch und setzt sich ganz selbstverständlich neben Müller. Müller rückt unsicher zur Seite. Blickt auf den Tisch, blickt Gina ins Gesicht, lächelt kurz, einem Impuls folgend, unecht, blickt auf den Tisch. Nach weiteren zehn Minuten legt Gina ihren Kopf vorsichtig an seine Schultern. Fünf Minuten später krault sie behutsam tröstend, eher wie eine Altenpflegerin, seinen Rücken. Nach weiteren sieben Minuten legt sie vorsichtig eine Hand auf Müllers Oberschenkel. Erst als Gina die Finger der Hand ein wenig hin und her bewegt, richtet dieser sich ein wenig auf, seufzt. Die Berührungen scheinen ihn nicht zu erreichen. Erst als sein Blick die Hand auf seinem Oberschenkel registriert, weiten sich kurz seine Pupillen, seine Unterarmmuskulatur spannt sich an und er greift erkennend die Hand der Frau neben ihm.

Der Karosseriebauer Thorsten Müller weiß noch nicht, dass Gina dies tut, weil sie letztlich Geld dafür haben möchte. Das würde aber an den Aufgaben und inneren Prozessen, mit denen Müller gerade kämpft, nur wenig ändern. Moralische Fragestellungen erschließen sich ihm hier noch gar nicht.

Als jetzt eine der mürrischen Bedienungen auf die Terrasse heraus kommt und fragt, 'ob es noch etwas sein dürfte?', antwortet Müller tonlos, seine Frau habe ihn verlassen.

Die Mürrische rümpft die Nase. "Das hab ich nicht gefragt.", ihre Stimme wie scheppernde Kochtöpfe. "Is' nur wegen ihre' Begleitung, die „Dame" kenn' wir ja, die trinkt auch mal n' Gläschen Wein."

Die Bedienung wendet sich Gina zu:

"Hör ma' Gina. Du bist ja echt ganz o.k., aber hör auf, hier auf den Strich zu gehen. Der Alte macht Ärger. Mir wär's ja vielleicht egal, aber der Alte. Wenn der mitkriegt, dass du hier wieder die Dorfhure spielst, ruft der die Bullen. In echt, glaub mir. Der lässt die arschkalt kommen und dein Wohnmobil auf den Kopf stellen und du musst dann bestimmt auch wieder mit der Kavallerie mit."

Der Karosseriebauer Thorsten Müller hat aufmerksam die Worte der Mürrischen verfolgt und versucht nun das Gehörte zu sortieren. Seine Hand hält immer noch die der Anderen auf seinem Oberschenkel, ganz ruhig und ganz fest.

Die Raststättenbedienstete dreht sich um und geht, ohne auf eine Reaktion zu warten. Ihre Worte waren eine klar und eindeutig überbrachte Botschaft.

"Du hast es gehört.", sagt Gina sanft, professionell zu dem Karosseriebauer. "Ich muss dann jetzt wohl los." Sie scheint einfühlsam eine Entscheidung provozieren zu wollen.

Ihre Hände unverändert auf Müllers Schoss.

Dieser leise: "Meine Frau hat mich verlassen.". Dann, nach einer kurzen Pause, "wo steht denn dein Wohnmobil ?." Er hatte nur was mit 'dem Alten', 'Ärger', den es geben könnte und einem Wohnmobil verstanden. Man sieht ihm an, wie sehr ihn seine unbeholfene, verlangsamte Wahrnehmung verwirrt. Ein Wohnmobil ist der Platz, an dem die Frau, die Gina heißt, wohnt.

"Ich verstehe tatsächlich die Welt nicht mehr.", planlos schaut er der Frau auf die Hand, welche seine hält.

Hinter ihnen klopft die Bedienung an die Glasscheibe. Die beiden drehen sich um. Die Bedienung deutet mit aufwendigen Gesten weiter hinten in den Raum. Für Gina eindeutige Zeichen: Der Alte ist da.

"Feierabend für mich. Scheiße. Jetzt muss ich aber schnell weg hier." Fest entschlossen, Müller trotz der Situation noch als Freier zu gewinnen, drückt sie ihm einen flüchtigen Kuss auf die Wange, richtet sich auf, ohne seine Hand loszulassen und sagt mit einer keinen Widerspruch duldenden Altenpflegerinnen-Stimme: " ... und du kommst mit!"

"Ja.", sagt Müller überraschend schnell. Er hatte eigentlich nur das Ausrufezeichen hinter der Aufforderung wahrgenommen. Tänze mit klaren Ansagen ließen sich für ihn schon immer leichter tanzen. Außerdem hat er ja keine Möglichkeit gehabt, einen anderen Plan zu entwerfen.

Gina zieht den Karosseriebauer über den Parkplatz für PKWs, direkt vor der Autobahngaststätte. Sie wirkt ausgelassen. "Ich hab es doch gewusst.", singen ihre Augen in einer leichten, unhörbaren Melodie, "ich habe einfach einen unschlagbaren Riecher für den Job.", die zweite Strophe.

Auf dem Weg zu den Parkplätzen für Wohnmobile, weit genug entfernt, außerhalb des Sichtfeldes der Raststätte, hält Gina mitten auf dem gepflasterten Gehweg inne, dreht sich in den Arm des Karosseriebauers.

Beide stolpern dabei über die Bordsteinkante, sie lachend, Müller ernst. Er will nicht, dass Gina fällt und hält sie fester.

Lächelnd, in seinem Arm haucht Gina, für die anscheinend alles klar ist: "Ich freu' mich, dass du mitkommst. Ich mach dir auch ein supersexy Sympathieangebot für die ganze Nacht, mit Küssen und allem. Einfach, weil mir danach ist und du so lieb bist."

Müller grunzt. Verwirrten Blickes löst er sich aus der Umarmung, hält die Frau an beiden Handgelenken fest, nicht bösartig, nur um Zeit zu gewinnen. Er wirkt gehetzt von sich selbst. Er hatte solch einen ähnlichen Satz schon einmal gehört. Das war nach einer Weihnachtsfeier, wo er am Ende den Schnieders mitnehmen sollte und der hat ihn noch mit in so einen Puff geschlürt und Müller hat es erst geschnallt, als sie da waren. Da hat der Karosseriebauer dem Elektroniker Schnieders einen Vogel gezeigt und ist abgehauen. Keiner von beiden hat das dann jemals wieder erwähnt. So loyal ist er auf alle Fälle, der Kollege Müller.

Hier auf dem Parkplatz setzten sich gerade Puzzelteile in Müllers Denken zusammen. "Du machst das für Geld, nicht wahr? Du machst Sex für Geld?"

"Ach Schätzchen.", Gina wurde wieder sanft, sachlich," ich dachte, das wäre klar. Du hast doch gehört, was Magret, die schräpige Bedienung, gesagt hat.", sie macht eine Pause, schmollt: "Ey, jetzt komm. Ich hab' mich echt gefreut. Du bist irgendwie süß, ehrlich."

Müller blickt schweigend in Ginas lebensfrohe Augen, hält immer noch ihre Handgelenke, atmet ruhig. Gina lässt ihm Zeit, die Situation zu verstehen.

In Müllers Windungen stößt das Wort 'Schätzchen' immer wieder auf Bilder seiner Frau auf dem Bett heute. Dazu längst vergangene Bilder, nackt, mit ihm im mühevollen Kampf der Körper um gelungenen Verkehr.

Der Karosseriebauer Thorsten Müller weiß, dass er überfordert ist, eine Entscheidung zu treffen, weil er die Lage immer noch nicht erfasst.

'Schätzchen', Müller hört das Wort tief aus seinem Kopf, dabei kommt es von Gina, die ihn prüfend anblickt. "Schätzchen, ... wir lassen das vielleicht doch lieber".

Gina versucht sich vorsichtig aus dem immer noch sanften Griff des Mannes zu lösen. Mit ihrem rechten Arm gelingt ihr das, wesentlich leichter, als sie denkt, so dass ihr Arm weiter hinaus pendelt als geplant und ohne Absicht Müller knapp unterhalb des Hosenbundes berührt.

Müller erfasst die Berührung, interpretiert sie falsch, wird panisch. Der Druck, sich zur Situation irgendwie zu verhalten wächst ins Unerträgliche.

Müller atmet ganz ruhig, schwitzt, bevor er in einer heftigen Eruption der Gefühle ungewollt schwungvoll die überraschte Frau von sich stößt. Er liebt doch Adele, auch wenn sie ihn verlassen hat.

Gina taumelt, völlig unvorbereitet auf den Stoß, in die Richtung der Fahrbahn.

Der Karosseriebauer Thorsten Müller wusste nicht, das Bernd Reimers, der mit einem 200 Tonnen Actros von Mercedes unterwegs ist, gerade seine Ruhezeit beendet hatte. Der freut sich auf seine geplante Nachtschicht, damit er noch vor morgen Mittag zu Hause sein kann.

IX.

Müller spürt die Kraft, mit der er Gina den Stoß versetzt. In seinem Kopf verbindet sich die Bewegung des Stoßes mit dem Schrei der Frau und dem infernalischen Gekreische eines Blitze zuckenden riesigen Drachens. Müller schaut weg. Sein Hirn blendet ihn aus, er ist gar nicht da. Man hört einen dumpfen Schlag und dann das die ganze Weite des Platzes erfüllende, zischende Ausatmen des Drachens.

Ohne sich umzusehen, verschwindet der Karosseriebauer in Richtung seines Wagens in der Dunkelheit. In seinem Kopf fällt eine Szenenklappe.

Der Karosseriebauer weiß nicht, dass der Fahrer Bernd Reimers skeptisch die Situation am Fahrbahnrand hat kommen sehen. Das er langsam fuhr und im Moment des Stoßes auf der Bremse stand, um 18 Tonnen Fahrzeug und 180 Tonnen Ladung punktgenau, mit Hilfe aller Bremskraftverstärker in den Stand zu bekommen. Müller weiß nicht, dass Reimers es liebt diesen Dinosaurier und alle Gefahren der Straße zu beherrschen.

Bernd Reimers hatte auch den dumpfen Aufschlag gehört, wusste aber sofort, dass nicht viel passiert sein konnte. Die Karre stand.

"Olek, hol' dir den Verrückten". Olek hat sich noch nicht von dem Schreck erholt.

Reimers öffnet die schwere Tür und schreit Olek an: "Mensch hol den Verrückten!"

Aber der Karosseriebauer sitzt schon in dem alten V70 und verlässt gerade die Raststätte

Richtung Westen.

Der Kraftfahrer geht vorsichtig um die Front des riesigen LKWs. Man merkt ihm die Angst an, erleichtert entspannt sich seine Haltung, als er vor dem Laster, im Licht der Scheinwerfer, Gina Sunshine laut fluchend im Schneidersitz auf dem Asphalt sitzen sieht.

"Die schöne Hose. Menno.", heult sie, den Schock verarbeitend. Das rechte Hosenbein ihrer Jeans hat am Knie ein riesiges Loch, das helle Blut einer nicht unerheblichen Schürfwunde tropft aus dem Loch.

"Warten sie." Der Kraftfahrer verschwindet, um kurz danach mit einem Erste-Hilfe-Koffer wieder aufzutauchen und das Knie sachkundig zu versorgen.

Gina lächelt den Fahrer dankbar an."Glück gehabt, würde ich sagen." sagt sie.

"Seh' ich auch so." der Fahrer.

Nur der Karosseriebauer Thorsten Müller weiß von dieser Art Glück kein Lied zu singen.

XI.

Thorsten Müller fährt den Volvo so lange auf der Autobahn Richtung Westen, bis der

Sprit alle ist. Da ist er schon weit in den Niederlanden. Er lässt den rülpsenden Volvo auf dem Seitenstreifen auslaufen und geht ohne zu zögern einfach zu Fuß weiter, auf der Autobahn, ohne Warnweste, im Dunkeln.

Nach ein paar Metern fängt der Karosseriebauer an zu laufen. Das tut ihm gut. Die Autobahn wie ein gewundener grauer Schlips, still, nur vereinzelt rauschen Autos vorbei. Seine Lungen füllen sich mit der frischen Nachtluft. Er spürt, wie Kreislauf und Schrittfrequenz zueinander finden. Thorsten Müller fängt an zu schwitzen, bewegt sich irgendwann von allein.

Nach ca. 2 Kilometern nimmt er während des Laufens, im Dunkeln, unterbewusst ein Motorrad war, das ca. zehn Meter vom Fahrbahnrand entfernt in einer Böschung liegt, die, aus vereinzelten Birkenbüschen bestehend, direkt an einem Kartoffelfeld grenzt.

Der Karosseriebauer Thorsten Müller braucht noch ungefähr fünfhundert Meter, bis Fragmente der Bilder des Motorrades in sein Bewusstsein gelangen. Nach fünfzig weiteren Metern realisiert er, dass ein Motorrad in der Böschung ein falsches Bild ergibt.

Abrupt bleibt er stehen. Das Laufen hat ihm gut getan. Es gibt eine Ansage und die heißt Leben, für den Kradfahrer und für ihn.

Ansagen fand er schon immer gut, aber diese hier fühlte sich anders an, besser, klarer. Ganz klar und bewusst fängt er an, in dem komplizierten Tanz wieder zu führen. Er dreht um und mit all dem Tempo, das ihm möglich ist, rennt er die Strecke zurück, bis zu der Stelle, wo er das Motorrad gesehen hat. Er findet die Stelle sofort wieder. Das kann er. Ohne einen Stopp springt er in die Böschung und läuft direkt zu dem Motorrad, einer orangenen, für schnelles Tempo ausgelegten Maschine. Er blickt sich um. Zunächst hört er ein leises Röcheln und dann sieht er schnell den Fahrer des Krades auf dem Acker liegen. Seine Stellung wirkt seltsam verkrümmt.

Müller sprintet los. In einem eindringlichen Ton, mit klarer Stimme sagt er dem am Boden liegenden Schwerverletzten: "Halten Sie durch! Ich hole Hilfe!"

Ohne ansatzweise auf eine Reaktion des Fahrers zu warten, sprintet er zurück zur Fahrbahn.

Thorsten Müller weiß, dass er tunlichst den Fahrer nicht anfassen sollte und dass es jetzt sehr schnell gehen muss. Wer weiß, wie lange der Mann da schon liegt.

Am Fahrbahnrand muss er sich zwischen den beiden Richtungen entscheiden. Das kostet ihn nur einen Bruchteil einer Sekunde. Er fällt die Entscheidung geistesgegenwärtig und klar. Er weiß, dass jede Überlegung, wo er den letzte Notruf gesehen hat, unnötig Zeit kostet. Wichtig ist, dass er rennt. Glück wird zum Faktor. So absurd das klingt, aber der Karosseriebauer Thorsten Müller fühlt sich zurück in so etwas wie dem Leben, seinem Leben.

Weil er nicht weiß, wie weit er rennen muss, stellt er vernünftige Selbsteinschätzungen zur Einteilung seiner Kraft an. Schließlich ist Thorsten Müller kein trainierter Läufer. Fatal wäre es, das nächste Notruftelefon nicht zu erreichen. 'Wie weit sind die nochmal auseinander?' Er läuft in der absoluten Sicherheit, ein guter Mensch zu sein. Ganz genau prägt er sich die Kilometerschildchen ein, die zur Angabe des Standortes dienen, das hatte er mal gelernt. Heute muss man das nicht mehr, weil die Notrufzentrale sofort sieht, von welcher Säule man anruft. Hier ist es jedoch nicht tragisch, dass Thorsten Müller das nicht weiß.

Nach ca. 5 Minuten nimmt er in der Ferne des sich vor seinen Augen windenden Seitenstreifens etwas wahr, das er aus der Distanz für die Notrufsäule hält. Es ist nur eine kurze Überlegung, einen Abschlusssprint zu riskieren, und Müller legt an der Grenze seiner Leistungsfähigkeit noch beachtlich an Tempo zu. Ein einziges Auto rast in der Zeit an ihm vorbei. Müller fixiert einzig die rote Säule.

Als er seinen Notruf klar und eindeutig abgesetzt hat, sagt der freundliche Mann aus der Säule auf deutsch, mit holländischem Akzent, er solle an der Notrufsäule bleiben. Keiner sieht, wie Müller aufrecht auf dem Seitenstreifen steht, lächelt und dann erschöpft zusammenbricht.

XII. Nachwort:

Der Karosseriebauer Müller wird am nächsten Tag in einem Krankenhaus in der Nähe von Hilversum, bei Amsterdam aufwachen. Seine Frau Adele wird da sein und sich freuen, dass ihm nur so wenig passiert ist.

Die Regionalpresse wird über seine Rettungsaktion berichten. In gewisser Weise ist er ein Held. Der Fahrer des Motorrades war der Sohn eines angesehenen Juristen in der Stadt. Deshalb nimmt Müller auch nicht wahr, dass die Holländische Polizei ihm Ordnungswidrigkeiten wegen des ungesicherten Volvos und dem Laufen ohne Warnweste zur Last legt. Letztlich war er ja nur einer, dem der Sprit ausgegangen war und der die nächste Tankstelle gesucht hat.

Nach einem ausgiebigen Frühstück wird er Adele und der niederländischen Polizei von Gina berichten.

Die Polizei wird recherchieren und herausfinden, dass es keine passende Anzeige, einen Unfall oder gar Verletzte auf der Raststätte gegeben hat. Noch wird sich der Karosseriebauer nicht freuen. Das wird er erst tun, nachdem er auf dem Rückweg mit Adele an der Raststätte die grummelige Bedienung Magret aufgetrieben hat, ihr seine Handynummer gab, mit der Bitte, sie solle ihn doch bitte anrufen, wenn Gina wieder mal auftaucht.

Magret wird den Kopf schütteln: "Wenn se' das so wollen." wird sie sagen. Sie wird nicht verstehen, wieso die Kerle jetzt schon mit ihren Frauen hier aufschlagen.

Gina wird bald wieder an der Raststätte auffahren und *sie* wird Müller nicht anrufen, um seine Entschuldigung wohlwollend anzunehmen.

Der Karosseriebauer Thorsten Müller wird sich später in einer Therapie an sehr, sehr frühe Geschichten erinnern, wo er noch ein kleiner Junge war. Die Geschichten werden mit seiner Patentante Anne zu tun haben, mit Dingen die er tun sollte, die er nicht tun wollte, für die er aber Geld bekam, nicht wenig und Geschenke. Er hatte diese Geschichten völlig vergessen und es wird Zeit brauchen, sich zu erinnern. Irgendwann wird er sich erinnern, dass die Geschichten über seine Tante Anne auch viel mit Wörtern wie "Schätzchen" und "Liebling" zu tun hatten.

Nach der Therapie wird Thorsten Müller sich mit Peter Weinerle treffen. Jener ist nicht nachtragend, aber eine wirkliche Freundschaft wird ihnen nicht mehr gelingen. Aber Thorsten wird Peter zu jedem seiner Geburtstage einladen und Peter wird fast jede Einladung annehmen. Da werden sie sich dann immer wieder alte Geschichten ihrer Freundschaft erzählen. - Über den 'besonderen' Abend werden sie nie wieder sprechen, das will Weinerle nicht.

Der junge Motorradfahrer wird schließlich Soziologie studieren, seinen Doktor machen und viel, viel später, maßgeblich in Brüssel an der Entwicklung eines innovativen, funktionierenden, europäischen Konzeptes für Migration und Völkerwanderung beteiligt sein. Der Titel des Programms wird "Responsibility 2035" heißen und den Aspekt der Verantwortung wirksam umsetzen für eine bessere Welt, in der Wahrnehmung der Meisten.

*Biographische Notate
eines notorischen
Pimmellanten*

1966 – 0 :

Eine Frau schreit auf im Kreißsaal.

Acht Weitere pressen Schreie in Richtung
schwitzender, maulender Hebammen.
Getrennt durch graue Plastikvorhänge kommt
sie als Letzte, letztlich traumatisiert nieder.

Die Hässlichkeit ihres Neugeborenen verstört
sie nachhaltig.

Der Vater liebevoll, aber ungeschickt.

1968 – 2 :

Die Mutter der Mutter reist an zu Besuch und
wundert sich.

Das Kind überfressen und überstillt mit neumodischem Fertigbrei, liegt den ganzen Tag sauber in seinem eigenen Bettchen, in seinem eigenen Zimmer, in seiner eigenen Welt.

„Ihr müsst euch mit dem Kind beschäftigen", klärt die Oma auf.

Der Vater bringt ihm Stolz das Laufen bei.
Das Kind kommt damit nur selten weit in seinem Laufstall.

1970 – 4 :

Wechselnde „Zugehfrauen" kümmern sich morgens um das Kind, während der Dorflehrer und die Dorflehrerin lehren.

Erinnerungen an ungenügend müde Mittagsschläfe in fremden Ehebetten, mit Blick auf überdimensionierte Engelsbilder an fremden Wänden fremder Schlafzimmer.

Im Sommer 1970:

Für vier Wochen abgegeben bei der dementen Großmutter.

Bei Abholung 48 Stunden am Hals des Vaters geklammert. Danach begann direkt der Kindergarten.

1972 – 6 :

Kindergarten hieß für das isolierte Kind, auf
allen Ebenen andere Menschen entdecken.
Das war aufregend und anstrengend.

Nachmittags mit den Eltern in ihrer Welt und
mit den Kindern, die sich da ergaben, ergeben
verhalten,

ansonsten,

wenn es irgend ging, zunehmend raus in den
Wald, mit den normalen Kindern der Straße.

Schuld wurde mit Hausarrest gesühnt.

Das Kind war oft schuldig.
Heute gäbe es vielleicht Medizin.

1974 – 8 :

Schule als Fortsetzung des Kindergartens,
weil es da andere Kinder gab.

Das Kind wollte nicht, dass die anderen
sagen: „Das ist das Lehrerkind." Es war
deshalb immer ein bisschen frecher, ein
bisschen lauter, ein bisschen dreister als die
anderen.

Mittags wusste die Mutter immer aus dem

Lehrerzimmer der Dorfschule Bescheid und Schuld wurde immer noch mit Hausarrest gesühnt,

Rechtschreibschwächen

von der Pädagogin mit einem Kleiderbügel ausgetrieben.

Innerlich streckte das Kind zum ersten Mal den Mittelfinger und floh mit dem Kettcar 4 km in das Nachbardorf.

1976 – 10 :

Die erste richtige, freundschaftliche Beziehung des Kindes hieß Christian, Arbeiterkind, Hühnerbrust, später schwul. Das Kind und Christian verstanden zu spielen:

Wicki, Plumperquatsch und Kekse, Buden im Keller aus Waschmaschinenkartons, über Wochen beklebt, bemalt,

Flüge mit Flugzeugen aus Decken, stundenlang über den Atlantik,

Radiosendungen selbst gemacht auf bunten Agfa-Casetten, aufgenommen mit tragbaren Poppy-Cassetten-Recordern, stundenlang Lego und Play-Big,

mit dem älteren Bruder eine erste E-Gitarre

gebaut, wir spielten „The Sweet" - Ballroom Blitz, Mel Sundocks Hitparade, WDR, immer mittwochs,

alles bei Christian, nie bei dem Kind zu Haus, da hatte es irgendwie immer still zu sein, besonders Sonntags morgens, oft bis weit über den Mittag hinaus, wenn die Eltern feiern waren.

Einmal musste das Kind nötig und traute sich nicht aus dem Zimmer, da hat es die Legokiste ausgekippt und da hinein gepinkelt.

Das Kind schämte sich sehr,

viel zu oft.

1978 – 12 :

Der Junge fing an sich für Mädchen zu interessieren, spielte stundenlang klassische Gitarrenmusik, und sparte auf Schallplatten mit Rockmusik, las das, was zu Hause 'rumstand, Goethe, Aitmatov, Mann, Konsalik, Simmel.

(Mario Puzo und Sheldon.)

Eine erste Band gründete sich, so gab es Kumpels, keine Freunde.

Der Junge spielte ein Meisterkonzert von

Vivaldi für vier Gitarren und Orchester.

Er war das einzige Kind in der Besetzung, sonst nur Lehrer des Konservatoriums. Der Saal war voll, der Beifall groß, das Kind wurde für sein Spiel gefeiert, die Eltern waren nicht da, haben es nicht gehört, nicht gesehen, trieben lieber weiter Rechtschreibschwächen mit Kleiderbügeln aus.

1980 – 14 :

Streifenhosen, erste Converse, Bundeswehrjacken, Gymnasium, beständiges Mittelfeld,

Mandelhörnchen zum Kaffee, Hausaufgaben. Proben, kleine Gigs, beständiges Mittelfeld,

im Sommer Tennis spielen, gar nicht mal so schlecht, beständiges Mittelfeld.

Der Junge hat mal einen mühsam geschlagen, der zuvor Boris Becker schlug, Marek hieß der und wohnte in Bielefeld, beständiges Mittelfeld.

Ihm gefielen die Röcke der Mädchen im Club. Es musste noch was passieren, hier im beständigen Mittelfeld.

Zu Hause: ein Zimmer, ein Elfenbeinturm.

1982 – 16 :

Die Wende.

Der Junge wollte nur noch fummeln.
Bomberjacke, Springerstiefel, Altbier im Freibad,

Hauptsache: Nicht zu Hause.

Die erste große Liebe hieß Petra, war älter und hatte ein Auto, einen VW 1500, damit fuhren sie einen Sommer lang in den Wald zum Fummeln,

mit ihren Freundinnen in die Stadt,
ins Café Wintergarten,
manchmal auch zum Frühstücken,
eine ganz neue Welt
und zwischendurch stundenlang knutschen und fummeln.

Ansonsten,
sang er in einem Chor Mozarts Messe c-moll,
spielte in einer Big Band Be-Bob-Klassiker
und mit seinen Kumpels in einer Punkband.

Schule interessierte ihn nicht wirklich.

Als Petra Schluss machte, fummelte er an Kerstin, Martina, Heike, Anja, Andrea und Sabine, manchmal, nacheinander, in der gleichen Woche. Das war nicht gut für seinen

Ruf.

Das war nicht gut, aber irgendwie war es wenigstens etwas.

1984 – 18 :

Seinen 18ten hat der Junge zu Hause gefeiert
und einfach allen Bescheid gesagt,
denen mit den bunten Haaren
(mit denen er Musik machte),
denen mit den Bomberjacken,
(die er aus dem Schwimmbad kannte)
den Kiffern mit den langen Haaren
(von denen er das Dope besorgte)
und denen mit den Motorrädern,
die haben es dann weiter gesagt.

Seine Eltern hatten schon Jahre keinen von denen gesehen, mit denen er draußen abhing.

Es kamen ungefähr achtzig seltsame Gestalten ins Haus.

Als der MC Bramgau auf dem Hof parkte,
kam der Krankenwagen und holte seine Mutter ab,

Herzkasper.

Hätte der Junge sich denken können,
hat er sich vielleicht auch gedacht.

Der Vater war sauer und der Junge lief nach der Party davon.

Ohne Aufzuräumen,

traute sich erst Tage später zurück.

Keiner war so richtig froh, aber das Abi musste noch gemacht werden.

1986 – 20 :

Nach dem Abi hat der Junge im Auto gewohnt,
immer unterwegs,

Erst Decken-Brücken-Kran gefahren, um Geld zu verdienen. Dann Sartre gelesen, ständig gekifft, das I-Ging gefragt, ob er weiter Kran lenken soll, um sich dann im Altenheim schließlich die Haare wachsen zu lassen.

Gewohnt hat er mit seinen besten Freunden auf einem Kotten, weit auf dem Land.

Sie haben ihre Instrumente, Verstärker, Mikros und Kabel zusammengeworfen, Aufnahmegeräte geliehen und nannten den Kotten „Studio".

Es war eine gute Zeit, bis der zweite Winter zu kalt wurde, er und die anderen „kurz" zu ihren Eltern wollten und er dachte, es sei Zeit zu studieren.

1988 – 22 :

In Münster wohnte der junge Mann möbliert, auf 18 Quadratmetern für 100 Deutsche Mark.

So könnte es weiter gehen. Einmal in der Woche kam sogar die Vermieterin und machte sauber.

Der junge Mann träumte davon, John Zorn, oder Fred Frith, oder John Cage zu sein, war er aber nicht.

Trotzdem träumte er,

träumte er von einem Orchester,
für das ER komponierte,
komponierte schräges Zeug,
Monate lang, ohne zu studieren.

Und als alles fertig komponiert war, realisierte er das Projekt.

Suchte Sponsoren, Musiker,

arrangierte, damals noch ohne Computer, auf echtem Papier, schrieb Noten.

Musiker, vor allem Bläser sagten:
„Das ist nicht spielbar, zu wenig Luft"

Nach zwei Jahren stand alles und ein Orchester brannte.

Nur studiert hatte er nicht.

Es gab eine einzige Aufführung auf einem Festival in Lüneburg, Lüneburg war nicht New York.

Als sie anfingen, hielten 1000 Menschen den Atem an,

ein Mittwoch Abend, 22.00 Uhr.

Das Gefühl, auf einer Bühne zu stehen und zu realisieren, dass 988 Menschen während des Konzertes nach Hause gehen, wird den jungen Mann noch lange beschäftigen.

Die zwölf Menschen, die blieben, waren begeistert und hörten den 26 Musikern bis zum Ende des Konzertes zu.

1990 – 24 :

Nun konnte der Mann brav die erforderlichen Scheine für den Dipl.-Soz.Päd. machen und sich eine Ehefrau suchen.

Die hat er dann auch in einem Vertiefungsseminar zur Medienpädagogik kennen gelernt.

Die hielt ihn für einen Künstler und er hielt sie
für eine großartige Tänzerin.

Musiker und Tänzerin bespielten sich, sowie
kleine und kleinste Bühnen, genügten sich und
gingen anständig studieren.

Liebten sich.

1992 – 26 :

Der junge Mann kämpfte für ihr „ja".

Hochzeitsreise: Prag, Wien, Paris im
Dezember mit der Bahn.

Alles fühlte sich gut an, sicher.
Der Schwiegervater,
Direktor bei der WestLB.

Zukunft war kein Gedanke.

Wohnen – getrennt.

1994 – 28 :

Gemeinsame Wohnung, erste kleine
Grabenkämpfe. Der junge Mann dachte sich,
das wäre normal.

Arbeiten in der Klinik in Lengerich und kleine
bescheidene Projekte.

So kann es gehen, dachte sich der Mann, nur beim Sex lief es ein wenig auseinander, kein Problem.

1996 – 30 :

Der erste Sohn und die Welt veränderte sich für den Mann.

Sie zogen auf das Land und er blieb zu Hause, kümmerte sich um das Kind und das Heim, schob Nachtwachen im LKH,
wusste, warum er auf der Welt war.

Glück, der Morgen über den Feldern, während Kaffee duftet, Glück, ein Vater zu sein, Glück, Sinn zu machen,

Seit der Zeit stellte sich ihm für lange Jahre nicht mehr die Frage, warum er lebe.

Zweites Studium: Computerlinguistik und künstliche Intelligenzen.

Für den Papierkorb, wenn man das im letzten Jahrtausend gemacht hat.

1998 – 32 :

Der zweite Sohn
und die Welt veränderte sich für den Mann.

Aus einem heiligen Auftrag wurde knallharter Alltag. Immer noch Nachtwachen.

Als es an der Tür auf dem Land klingelte und eine Nachbarin ihn zum Frauenfrühstück einlud, weil er Kinderwagen schob, Fenster putzte, Unkraut jätete und einkaufen ging, während die Männer fröhlich Bier in der Scheune tranken, konnte der Mann nicht mehr Hausmann sein.

Sex war kein Thema mehr. Schade.

2000 – 34 :

Als sie einander acht Jahre kannten,
und man kann sagen, sie kannten sich gut,
kam ihre Liebe plötzlich abhanden,
wie anderen Leuten ein Stock oder Hut."
(Erich Kästner)

Da sie beide behäbig in ihren Entscheidungen waren, sie satt wurden, das Haus trocken war und die Kinder ein Glück, blieben der Mann und seine Frau im Alltag aneinander kleben.

Wie damals als Kind suchte der Mann seine Bestätigung wieder auf der Bühne, anstatt die Frau nochmal zu erobern.

Alte Bekannte aus Hamburg ließen ihn den Bass zupfen, so war er wieder viel unterwegs.

Stammclub: Lemitz – Reeperbahn.

Nebenbei fing er an zu schreiben, heimlich. Einmal ging er zu etwas, was damals erst begann, das nannte sich Poetry Slam.

Das kam gut an in Osnabrück und er bekam wieder das Bühnen-Liebes-Fieber seiner frühen Jugend.

2002 – 36 :

Zuerst ging es um eine Bewegung, um gute Texte, um spannende Leute, um Rock'n Roll.

Alles war eine einzige Party.

Der Mann qualifizierte sich
für den German National Poetry Slam
und war sich sicher das Richtige zu tun.

Er war gefragt, tourte mit seinen Texten quer durch das Land.

154 Gigs pro Jahr. Der Mann konnte von seinen Texten leben. Verlebte sich, verlor das Leben mit der Frau - aus den Augen.

Aus Liebe zu den Kindern trennten sie die Schlafzimmer, sie sich aber nicht.

Sie entließ ihn aus der Treue.

2004 – 38 :

Er raste rastlos durch die Republik,
jeden zweiten Tag eine Veranstaltung,
Kohle satt.

Leipzig im November:

Kurz vor dem Ende seiner Kräfte,

Drum&Bass.

Auf einer After-Show-Party sprach ihn einer an,
während er schwitzend zappelte im Netz.

Mike hieß der und sagte:

Alter, du mußt auf den Bass tanzen,
nicht auf den Beat,
sonst gehst du kaputt.
Das hatte er nicht gewusst.

Der Mann hörte auf zu zappeln,
tanzte auf den schweren Zählzeiten des Basses..

In Münster lernte er Prinzessin El. Kennen,
die hatte die Hörner eines Widders und schlief mit ihm,

bis sie sich liebten.

2006 – 40 :

Der Mann hörte auf zu lesen.

Die Ehefrau zog aus. Später irgendwann zog Prinzessin El ein.

Die Kinder blieben.

Der Mann nahm zum ersten Mal seit 20 Jahren wieder eine richtige Arbeit an, arbeitete viel, um für alles zu sorgen.

Prinzessin El sorgte dafür,
dass er sie nicht aus den Augen verlor.

2008 – 42:

Der Mann bekam einen dritten Sohn mit Prinzessin El und seine Mutter einen Tumor in den Kopf.

Den galt es zu pflegen, bis er sie auffraß.

Danach galt es das Leben der Eltern aufzulösen. Das und die viele, lohnabhängige Sklavenarbeit ertrug der Mann nicht wirklich. Dazu wollte er dem Jüngsten die Liebe geben, die er auch den Älteren gegeben hatte,

ging nicht.

Prinzessin El erstritt sich mit gesengtem Widderhaupt ihren Anteil an ihm, er war kurz davor, sie dafür zu hassen.

Er verlor sich.

Er trank eine Zeit viel zu viel,
das ließ ihn schlecht schlafen,
das machte ihn fertig,
dagegen trank er noch ein bisschen,
was ihn noch schlechter schlafen ließ.

2010 – 44:

Alles erledigt.

Burn-Out.

Gott sei dank, dass in der Zeitung stand, was das ist.

Der Mann saß nur noch auf seinem Höckerchen in der Raucherecke des großen Hauses, trank Bier und bearbeitete Fotos auf seinem Handy, die er bei Instagram hochlud, für ein paar armselige 'likes' seiner 700 Buddys.

Ab und zu kam einer zu Besuch. Prinzessin El gab nicht auf, sie schlief immer wieder mit ihm,
damit er sie spüren konnte, bis er sich für eine

Auszeit entschied, ihr zuliebe.

Zunächst nicht für sich selbst.

2012 – 46:

Sabbatjahr,

zunächst ein einziger melancholischer Nebel.

Der Mann fühlte sich als einer, der es nicht hin bekommen hatte, nicht stark genug war.

Prinzessin El biss ihn dafür in die Ohren, zog an seinen Haaren, zerkratzte seine große Nase

Er verlor seine Zähne, die ließ er sich machen.

Langsam erst verstand er die Gedanken, die er sich als junger Mann gemacht hatte, über das Hineingeworfen-Sein in ein Spiel, dessen Regeln nicht seine waren.

Starrte stundenlang auf einen emotionalen Rentenantrag, nähte gedanklich an einer weißen Flagge, war bereit, sich demütig für alles zu bedanken und abzutreten.

Dabei änderte er kaum die Form, äußerlich war nicht viel zu merken, denn es fühlte sich richtig an so traurig zu sein, denn er spürte die Traurigkeit wirklich, die Verantwortung für ein paar Züge in dem Spiel.

Es fühlte sich richtig an zu metamorphisieren, in der Mitte des Lebens.

Irgendwann,
ganz von selbst,

als er lange genug an sich gelitten hatte, sein Geheule nicht mehr ertrug, zerriss er den Rentenantrag,

bastelte einen Drachen aus der weißen Flagge und beflügelte damit seinen Blick auf das Schöne, eben das Schöne, was schon da war.

2014 – 48:

Pubertät.

Der Mann überlegte sich, was er sich wert ist und berechnete den Preis für sich neu.

Er überlegte sich, wen oder was er nicht wollte, und schoss scharf darauf.

Er überlegte sich, was er wollte, und schnürte die Stiefel fester.

Er ging zum Friseur und zum Arzt, der ihm sagte, sein Körper sei weder alt noch krank, nur ein wenig weniger fest.

Er glaubte dem Arzt und kaufte sich eine Mofa.

Prinzessin El grinste ihn an und sagte: „Du lächelst".

*Weder Himmel
noch Hölle*

Exposition :

"Ich gehöre hier nicht hin und die wollen mich nicht!

Dieses Land ist kalt. Die Menschen so anders als zu Hause, ohne Glauben an eine Gewogenheit.

Die eine Gruppe, schwabbelige Schweinefleischfresser und Biertrinker, wollen keine Störung.

Die anderen, drahtige, zielstrebige Ziegen und Böcke, machen sich ständig Sorgen um ihre heidnischen Güter.

Die machen Sport in Häusern mit Kunstlicht, kaufen Nahrung zu Preisen, von denen man zu Hause ganze Dörfer satt machen könnte.

Das habe ich wirklich in einem Supermarkt gesehen. Jemand hat 194 € an die Frau an der Kasse gegeben. Er konnte alles allein mit zwei

Tüten wegtragen, weder Reis, noch Kartoffeln hatte er dabei.

Immer wieder dieser Regen.

Selbst die wenigen, die einem freundlich begegnen, sind sich sicher, dass ihr Land ein Geburtsrecht hat, darüber zu entscheiden, ob ich hier sein darf oder nicht. Nur dass sie sich für gerechter halten.

Ich verstehe ihr Sprache nicht, nicht mal wirklich englisch, ihre vielen Worte. Sie sind reich und ich bin arm, egal wo auf der Welt. Das habe ich gelernt. Es gibt Schlimmeres als Hunger und Wichtigeres als satt zu sein. Vielleicht sogar Wichtigeres als Frieden. Kann das sein?

Du wirst langsam verrückt hier.

Ich komme mir vor wie eine Schmeißfliege, die in die klebrige Masse weißer Maden geraten ist, die die letzten Reste einer verwesenden Kuh zersetzen.

Ich will nach Hause. Da, wo die Knochen der Kuh schon ausgebleicht in der Sonne strahlen. Ich hasse Maden.

Ich werde den alten Afghanen Abadey, der auf dem Bett unter mir wohnt, fragen, wie ich wieder nach Hause kommen kann. Heimlich. Ich haue ab. Er soll mir die seltsamen

Buchstaben der Städte und Länder meines Heimweges deutlich und groß auf einen Zettel schreiben.

Alles wird gut. Ich fahre nach Hause, einfach jetzt, weil ich es will."

I.

Die Leute im Dorf bezeichnen ihn im allgemeinen als harmlosen Spinner. Er ist ganz gut integriert und weil seine Familie schon lange in dem kleinen Ort lebt, hat er sein Auskommen als Kassierer in dem ebenfalls kleinen städtischen Schwimmbad.

Wenn er nicht arbeitet, sieht man ihn nimmermüde seine Kreise und Bahnen rund um und durch das Dorf ziehen, egal bei welchem Wetter.

Stets hat er ein kleines schwarzes Notizbuch in seiner linken hinteren Gesäßtasche. Alle paar Minuten bleibt er auf seinen unergründlichen Routen stehen und notiert ein paar Zeilen oder fertigt kurze Listen an.

Man lässt ihn.

Nur an die Kinder lässt man ihn nicht zu nahe kommen.

Er wiederum lässt sie. Er lässt sie in dem

Glauben, er sei nicht ganz normal.

Für ihn steht außer Frage, dass er ein Schreiber ist, dem Ruhm und Ehre vorsichtshalber egal sind, weil er nicht so ganz in seiner Zeit ist und in dem bestehenden Buch- und Autorenmarkt keinen Platz finden wird. Selbst für kleine Verlage denkt er viel zu quer, ist er dem Leser zu unverständlich.

Ihn stört das nicht. Beharrlich speichert er sein Werk kostenlos auf Blogs im Internet und erfreut sich dort an einer nicht unerheblichen Menge an regelmäßigen Lesern.

In seinen Texten beschreibt er das Leben eines Mannes, der wie eine fette, weiße, unbewegliche Made unter tausend anderen auf einem Stück Speck rund um die Uhr, rund um sich zufrisst.

Er beschreibt den Alltag der anderen Maden und ist gespannt, was passiert, wenn der Speck gänzlich aufgefuttert ist.

Auf Grund seiner sozialen und physischen Struktur ist die Made nicht in der Lage, sich dem Stück Speck zu entziehen.

Es gibt keine andere Gesellschaft, keine andere Lebensform Mensch, als die auf diesem Planeten angebotenen Alternativen.

Wohin soll sie sich schleppen, die Made?

Wohin fliehen?

Trost spendet dem harmlosen Spinner in seiner Isolation die Einmaligkeit und das Geniale der Natur. Für ihn ist sie ein Bild für die vergängliche Einmaligkeit des Lebens, die Schönheit schafft.

Menschen betrachtet er respektvoll als Herdenvieh, als programmierbare Ameisen, eigentlich als Feinde.

Begegnet ihm jedoch im tiefen Bewusstsein seiner Endlichkeit ein Moment der einzigartigen Schönheit auf seinen Wanderungen durch die Natur, wie z.B. in später Dämmerung eine magische bläuliche Färbung des jungen, kräftigen, kniehohen Weizenfeldes kurz vor dem Junivollmond, dann fühlt er einzig einen erhabenen Dank zu leben und das sehen zu dürfen. Welche der übrigen Maden kann schon behaupten, derlei Gedanken täglich zu haben?

Zur Zeit beobachten die Menschen im Dorf, wie der Spinner täglich entweder zum 18 Uhr oder zum 19 Uhr Zug auf der Brücke kurz hinter der Haltestelle auf dem Weg zum Friedhof steht, bis er dem Zug ein paar Minuten hinterher gesehen hat.

Wer genau hinsieht, kann beobachten, wie gelöst und lächelnd der Schreiber die Brücke wieder verlässt, unter den alten Eichen stehen bleibt und Notizen macht: Leben in Zeiten gepflasterter Hofeinfahrten.

Er überprüft nämlich zur Zeit täglich seine freundschaftliche Einstellung zur persönlichen Endlichkeit, in dem er jeden Tag ernsthaft in Erwägung zieht, seinem Leben ein Ende zu setzen, indem er von der Brücke springt, ohne Rücksicht auf die Made im Führerstand der Regionalbahn.

Auch heute steht er wieder auf der Brücke und wartet auf die Bahn um sieben. Sie kommt pünktlich. Von der Brücke aus kann man die Haltestelle noch ganz gut sehen.

Eine Handvoll Leute stehen auf dem Bahnsteig.

Die im Sonnenlicht fast funkelnde Stahlschlange windet sich um die lang gezogene Kurve kurz vor der Haltestelle. Die erlaubt ihr immer wieder einen filmreifen Auftritt. Fast futuristisch klingt das gedämpfte Geräusch der Bremsen. Obwohl Stahl auf Stahl greift, klingt das Halten eher wie das Ausatmen eines riesigen, freundlichen Dinosauriers in blau-gelb.

Die von der Brücke aus als kleine Figürchen erscheinenden Menschen auf dem Bahnsteig verteilen sich gleichmäßig auf die verschiedenen Türöffner der einzelnen Abteile, obwohl das nicht nötig wäre.

Einzig dem stillen Beobachter auf der Brücke fällt der junge Mann in Jeans und dunkelblauer Blousonjacke auf, mit einem kleinen Rucksack auf dem Rücken.

Als alle anderen Zusteiger in der Bahn verschwunden sind und die Bahn langsam anfährt, spurtet der junge Mann mit zwei, drei Schritten auf das Ende der Bahn zu und springt.

Der Beobachter auf der Brücke öffnet ein wenig den Mund. "Warum springt jemand hinter einen Zug?" scheint er sich zu fragen und wechselt die Seite der Brücke.

Mit aller Gewalt donnert der Dieselmotor der anfahrenden Bahn auf die Brücke zu und wie der Faustschlag eines Marvel-Comic-Helden auf der anderen Seite wieder hinaus.

Lange schaut der Kassierer der städtischen Badeanstalt dem Zug hinterher, auf dessen hinterer Kupplung stehend sich ein junger Mann mit einem kleinen Rucksack an Einbuchtungen der Karosserie festkrallt.

Sie hatten sich einen kurzen Moment in die Augen geschaut. Amaru, der jungeMann auf der Bahn und der Spinner mit dem Notizbuch.

Der stille Beobachter auf der Brücke hat den Angst erfüllten, verzweifelten Blick eines vom Leben verarschten Menschen gesehen.

In sein Notizbuch schreibt er später:

'Er gestaltet, während ich verharre im Sotter des Specks.'

Solche Sätze schreibt der Angestellte der städtischen Badeanstalt gerne.

II.

Mit einer Zärtlichkeit, die nur dem Alter vorbehalten ist, küsst der grau gewordene Afghane die geschlossenen Lider der Syrerin Roya, deren Kopf er fest in seinen Händen hält, während sie beide nackt, in ihren alternden Körpern einander zugewandt auf der Pritsche mit der kratzigen Leinendecke liegen. Roya bedeutet 'die, die eine Vision hat'.

Vor zehn Minuten hatten sie sich für eine kurze Zeit eine Heimat gegeben, gemeinsam einen Sinn illusioniert: Wärme und Zuneigung. Jetzt schwappt die Welle der Realität zurück zu ihr und dem Alten, der schon seit vier Jahren hier im Lager ist, weil seine Identität für die Behörden unklar bleibt, obwohl acht Männer aus seinem Dorf seine Identität auf den Koran geschworen haben.

Er beginnt ihr, sie immer noch liebkosend, von dem jungen Amaru, einem Nigerianer, zu erzählen, der eigentlich über ihm schläft und ihn gestern Abend in gebrochenem Arabisch gebeten hat, ihm den Heimweg aufzumalen.

"Er war so ehrlich, weißt du, so naiv. Er wollte einfach nach Hause.

Was ist mit uns? Warum gehen wir nicht nach Hause? Warum bist du hier und nicht in deinem Dorf? Was hast du gewonnen? Hier ist doch alles Scheiße. Kein Leben. Selbst mit Aufenthaltstitel, was haben wir dann gewonnen? Sicherheit? Sicher nicht. Vielleicht unsere Kinder, unsere Kindeskinder. Aber das, was wir dafür geben, wiegt die Sicherheit der Kinder unserer Kinder nicht sicher auf."

"Ruhig, ganz ruhig mein Lieber, Alter," die nicht mehr ganz junge Roya küsst den Afghanen auf die Nasenspitze und schmiegt sich genüsslich an seinen Körper, alt aber stark. "Was hast du dem Jungen gesagt? Das interessiert mich viel mehr."

Der Alte, während seine kräftigen, gezeichneten Finger der rechten Hand ihre dunkle Warzenhöfe streicheln: "Ich habe ihm gesagt, dass er sowieso abgeschoben wird, dass er nur warten muss, aber der wollte nicht zuhören.

Der wollte weg. Fliehen um der Flucht willen, um genau eben nicht nur zu warten. 'Sind wir Tiere?', hat er mich gefragt. 'Tiere, die man an die Kette nimmt und denen man vorschreibt, wo sie wann seien dürfen und wo nicht? Ich bestimme selbst, wo ich sein kann und darf. Schreibe mir bitte auf, wie ich nach Hause komm'. Groß, so dass ich die Zeichen gut vergleichen kann.'

Ich habe es getan. Gerne habe ich es getan. Wäre ich jünger, wäre ich ihm gefolgt. Was ist schlimmer, als sich die Freiheit nehmen zu lassen, wohin man gehen darf, wo man, wie man eben sein darf?"

"Du bist ein guter Mann, Afghane. Genau richtig hier, da wo du bist. Zu Hause wärst du tot. Hier begegnest du mir wie ein Mann", sie lächelt, "wie ein lebendiger Mann."

"Er hatte nur 98,- Euro", der Alte lehnt sich zurück in das kleine Kissen und sinniert weiter über seine Unterhaltung mit dem Nigerianer.

III.

Birgit Emilie Walderstein ist 42 Jahre alt, verheiratet mit dem Abteilungsleiter der Filiale einer namhaften Bekleidungskette, Jörg Walderstein. Beide zusammen haben sie zwei Kinder, Anton und Pauline. Sie wohnen glücklich in einem selbst finanzierten Häuschen. Vielmehr als 'glücklich & finanziert' weiß Birgit nicht. Das macht alles

Jörg.

Birgit hat in ihrer Jugend begeistert im Verein geschwommen und ist auch heute noch sehr sportlich. Sie hat ein Abo in einem Sportstudio und geht regelmäßig joggen. Jörg geht allmählich auseinander. Früher war er auch Schwimmer, da haben sie sich kennen gelernt. Jetzt geht er ab und zu in die Sauna und mäht den Rasen. Das bezeichnet er dann als seinen Sport.

Mit dem Sex ist es bei Birgit und Jörg so eine Sache. Er verschwindet im Alltag bis zur Bedeutungslosigkeit. Birgit träumt oft von Sex und wacht dann nachts auf. Sie fühlt sich dann feucht und riecht ein wenig fischig, sodass sie sich waschen und umziehen möchte. Sie schämt sich dafür. Es ist immer derselbe Traum, aber Jörg ist dem Traum lange entwachsen, er spielt in ihren Träumen keine Rolle mehr.

Das macht ihm wenig und er nimmt das gar nicht wahr. Nur selten sitzen sie lange zusammen und reden, trinken n' Bierchen. Noch seltener kommt es in dem Zusammenhang vor, dass sie ein wenig knutschen. Ganz, ganz selten kommt es nach dem Knutschen vor, dass Birgit eine gewisse isolierte Lust empfindet. Dann machen sie es sich aufgeklärt und erwachsen gegenseitig mit der Hand, weil die Kondome abgelaufen sind. Seltsam finden sie das beide.

Mit 16 hat sie ihren Realschulabschluss gemacht und Jörg dann auf der Berufsfachschule wirklich lieben gelernt. Davor gab es Mathias ihre erste große Liebe, einen Skater. Und es gab André, der las Bücher. Sie waren nur kurz zusammen, aber Birgit hat es als sehr, sehr schön in Erinnerung, bis er sie betrog mit einer, die im Klingel-Katalog ein rotes Plastikkleid bestellt hatte.

Auf Jörg kann sie sich verlassen, schon immer. Jörg hat alles im Griff.

Für Jörg war Birgit das große Los. Eine knackige Schwimmerin, die auf der höheren Handelsschule gute Noten schrieb, seine Eltern, insbesondere seine Mutter waren begeistert. Was Besseres konnte ihm nicht passieren und Jörg wusste schon immer, wo es sich zu investieren lohnt.

Jetzt sind sie da angekommen, wo sie immer schon hin wollten: Sicher in der Mitte des Lebens, mit Einfamilienhaus, zwei Kindern und einem angemessenen Kraftfahrzeug vor der Tür.

Dies war bei Waldersteins ein VW Passat neuester Baureihe, für 25.000 € in 9 Jahren; nach zähen Verhandlungen in silber-metallic, 1.7 Liter Hubraum.

Jörg hätte lieber die matt schwarze

Ausführung mit dem 2 Liter Turbo-Diesel-Motor gehabt, aber sein Über-Ich und Birgit haben sich nicht eingelassen.

Auf alle Fälle steht Birgit jetzt mit dem silbernen Passat vor einem beschrankten Bahnübergang. Sie hat Anton von Niklas, seinem besten Freund, abgeholt. So etwas macht man auf dem Land mit einem Passat für 25.000 €.

Es ist ein wenig zu kühl für die Jahreszeit, aber der Wetterbericht im Autoradio sagt Temperaturen bis zu 30 Grad für die nächste Woche voraus.

Während sie vor der Schranke stehen, denkt Birgit an ihre Klamotten für wirklich heiße Tage. Anton monologisiert über Gefahren für kleine grüne Monster, die er noch vor ein paar Minuten mit Niklas zusammen in verzwickte Abenteuer geschickt hatte.

Im Radio beginnt gerade eine Kaufhausmusik-Version von 'Love is in the air', als Anton seinen Monolog plötzlich unterbricht.

Geigen umspülen den Innenraum des Wagens, unterhalb der Wahrnehmungsschwelle. Anton schreit:

"Maamaaa ! Da klebt einer am Zug. Da. Da! Hinten dran!"

Später wird Birgit die Sekunden nicht vergessen, in denen sie den Mann wahrnahm, der, wie Anton es nannte, am Zug 'klebte'. Mit einer nie zuvor gesehenen Energie sah sie jemanden, der wusste, was er wollte, der ein Ziel jenseits aller Trivialitäten hatte.

So etwas hatte sie noch nie gesehen. Hier auf dem Land. Ihr kam es so vor, als würde mit dem Mann aus einer fernen Welt ihr ganzes Kartenhaus zusammenfallen.

Ihr wurde auf einen Schlag bewusst, dass sie einem riesigen Schwindel aufgesessen war, dass nicht alles überall so ist, wie alle sagen, dass es keine zweite Chance für diese eine Existenz gibt, die sie allein verkörpert. Etwas, was dem jungen Mann offensichtlich klar geworden war, ohne es benennen zu können.

Noch später wird sie sich von Jörg trennen. Sie wird bescheiden im städtischen Schwimmbad eine Teilzeit-Stelle als Sekretärin annehmen und sich während ihrer Freizeit ausschließlich um Tiere kümmern, die kein Zuhause haben.

IV.

'Geld ist ein Übel. Warum kostet alles Geld? Der Afghane hat mich gewarnt. - Dein Geld wird nicht reichen -, hat er gesagt.

Keine gute Idee, auf den Zug aufzuspringen,

um Geld einzusparen. Ich kann mich kaum festhalten. Gut, dass ich hier wenigstens fest stehen kann. Die werden das nicht geschehen lassen.

Uaah, das ist ziemlich schnell.

Ich habe Angst. Aber was soll schon geschehen? Töten werden die mich nicht. Hoffentlich ruft der Typ von der Brücke nicht die Polizei.

Bitte, bitte, ich bete zu dir, dass du es nicht tust.

Töten werden die mich nicht. Hier gibt es keine Boko-Haram-Miliz die tötet, hier gibt es nur Erniedrigungen, wenn's schlecht läuft und Vorschriften, wenn's gut läuft. Kein Töten, kein lebendiges Begraben, kein Geschrei von Mutter und Schwester.

Mutter und Schwester sind damals in die richtige Richtung gelaufen. Vater und ich in die falsche. Deshalb ist Vater jetzt tot. Warum stehe ich bloß hier? Der Zug wird langsamer, eine Haltestelle. Hoffentlich hat mich noch niemand bemerkt. Ich muss vorsichtig sein. Sollte ich schon hier abspringen und weglaufen, den Rest zu Fuß in die Stadt weiter? Weglaufen?

Weggelaufen bin ich in der Heimat, vor den Milizen.

Es roch aus allen Töpfen nach Ugali und Erdnusssoße, der Tag ging zu Ende, als die Schreie vom Osten des Dorfes her immer lauter wurden.

Niemand steht an der Haltestelle, niemand wird mich sehen.

Mama hat es zuerst verstanden und ist mit Taslima und Choga direkt Richtung Norden los gelaufen.

Es geht weiter.

Vater und ich sind Richtung Süden. Er hat gerufen 'Lauf! Lauf!'
Bevor die Schüsse fielen.

Ich weiß, dass nicht mehr viele Haltestellen kommen. Meine Hände krampfen. Ich will es schaffen. Dieses Land ist nicht gut, um glücklich zu werden. Vielleicht ist es gut, um Geld zu verdienen.

Sie haben Vater erschossen und mich geschlagen, wollten keine Kugel vergeuden. Beide haben sie uns zusammen so gerade im Sand notdürftig verscharrt.

Es könnte ein so schönes Land sein, nur hat die Gastfreundschaft keinen Einzug in die Tradition gehalten, die bewahrt wurde. Nicht mal in ihren eigenen Familien.

Taslima, du geliebte ältere Schwester, hast uns gefunden, hast uns gesucht und der Zufall wollte es, dass du dich im Schatten eines Baumes ausruhtest, der ganz in der Nähe unseres Grabes stand.

Ich habe im Lager gehört, dass viele sich gegenseitig nicht gerne besuchen, zumindest nicht so wie wir. Die meisten freuen sich irgendwie, wenn der Besuch wieder weg ist, dann kann man entspannen, muss nicht mehr zeigen, wer man ist.

Die Fliegen sind dir aufgefallen, an diesem Ding im Sand. 'Ama!', 'Junge!' hast du mich angesprochen und ich habe stumm genickt. Es war heiß, die Luft spiegelte sich in der Hitze.

Familienfeiern gibt es meistens gar nicht im eigenen Haus. Dafür wird etwas gemietet. Für soviel Geld. Wir könnten zu Hause eine Schule dafür bauen. Verdammt, man kann sich nicht so gut festhalten, nur so zwei kleine Erhebungen an den Fenstern. Ein Bahnübergang, eine Straße, dann muss gleich die nächste Haltestelle kommen, die letzte vor der Stadt. Meine Finger werden steif. Ich kann mich nicht mehr lange halten.

Du hast mich ins Dorf zurück getragen. Auf halben Weg ins Dorf trafen wir auf Ibrahim, ebenfalls auf der Suche. 'Wo trägst du ihn hin?', fragte er dich. 'Sieh dir die Wunde und das Blut am Kopf an, der ist tot.'

Am nächsten Halt werde ich abspringen und den Rest in die Stadt laufen. Das ist weniger gefährlich. Wie bin ich eigentlich auf diese Idee gekommen? So komme ich niemals dahin, wo man glücklich wird.

'Er ist nicht tot. Er lebt.', hast du Ibrahim erwidert.

Diese, deine Worte, Taslima, sind mir Glück und Verantwortung zu gleich geworden. Ich habe versagt, weil ich nicht mehr länger fremd sein will. Ich kann das nicht.'

V.:

Unweit der Bahnlinie, auf der die NWB 75609 mit dem armen Amaru auf der hinteren Kupplung dahin rauscht, nimmt eine Frau um die 50 in einem Wartezimmer Platz. Es ist das sehr kleine, helle Wartezimmer einer psychotherapeutischen Praxis. Die Praxis befindet sich in einem großen Einfamilienhaus in einer Vorstadtsiedlung nahe der Bahnlinie. Die Häuser in dem Straßenzug wirken alle schwer und protzig, mit dunklen Gärten und alten Nadelgehölzen.

Neben dem Stuhl, auf dem die Frau Platz genommen hat, gibt es lediglich zwei weiter Stühle und einen kleinen Tisch, auf dem

Zeitschriften ausliegen. Gegenüber der Frau hängt ein großer Kunstdruck in einem Passepartoutrahmen an der weiß getünchten Wand. Die Frau trägt eine hell-graue Stoffhose von Boss, eine weiße Bluse von Ralph Lauren, mit einem breiten Kragen, den sie frech aufgeschlagen hat. Über der Bluse trägt sie eine leichte, curry-gelbe Strickjacke von Lands' End mit Kaschmiranteilen aus der inneren Mongolei. Um den Hals trägt sie eine bunte, selbst gemachte Kette, mit bemalten großen Clays an einem hellen Lederband.

Ihr leicht ins rötliche gefärbtes helles Haar ist halblang, ein langer Pony fällt ihr jugendlich in das dezent geschminkte Gesicht. Irgendetwas in ihrem Gesicht wirkt überaus traurig, während etwas anderes eine flinke Fröhlichkeit ausdrückt.

Man kann nicht sicher unterscheiden, ob es die Züge ihrer Mundwinkel sind, die etwas Verbittertes haben und diese Traurigkeit formen, während die Augen schelmisch blitzen. Oder hat die Asymetrie ihrer braunen Augen etwas sehr tief Verletztes, etwas was nicht verraten werden soll, und ihr Mund ist es, der etwas Freches hat, dem man durchaus ein paar sarkastische Witze zutraut. Egal wie herum man es betrachtet, was bleibt, ist der Eindruck einer zutiefst sehnsüchtigen Frau.

Sie kommt gerne etwas zu früh zu ihren Terminen, sitzt gerne in dem hellen kleinen

Zimmer und genießt es regelrecht, immer wieder in dem Kunstdruck zu versinken. Quadratisch und etwa 70 mal 70 Zentimeter groß, beherrscht er dieses kleine Fleckchen Erde, ein winziger Fluchtpunkt, an dem man kaum aufzufinden ist.

Auf dem Druck ist die Kopie eines inszenierten Fotos zu sehen. Man befindet sich offensichtlich in einem Salon eines herrschaftlichen oder großbürgerlichen Hauses der vorletzten Jahrhundertwende, mit einem tief dunklem Eichenparkett und in einem Salbeiton gestrichenen, sehr hohen Wänden. Eine gerade, rechteckige Ornamentik setzt Akzente auf der sichtbaren Wand und unterstreicht die Geschichtsträchtigkeit des Raumes, ebenso wie eine rechteckige Säule am rechten Bildrand. Die untere Hälfte des Bildes wird dominiert von einer spindeldürren Frau, bekleidet lediglich mit einem hellrosa, unzeitgemäßen Mieder, das sich fast nicht von ihrer Haut unterscheiden lässt. Diese zerbrechliche Dürre liegt seltsam verdreht dahingegossen auf einem alten, zerschlissenen Ledersofa. Das durch die Jahrhunderte ausgebleichte rustikale Rot des Lederbezuges ist fleckig. An den Armlehnen und einigen Ecken der Sitzkissen quillt grauer Stoff hervor. Links neben dem Sofa verschwindet die prächtige Ummauerung eines weißen Kamins aus dem Bild.

Über dem schweren Sofa hängt ein Ölgemälde

der Queen-Mum schräg an der Wand. Stolz wie immer blickt diese in vollem Ornat mit Purpur und weißem Hermelin in die Vergänglichkeit des Raumes.

Die dünne Frau mit den blanken kleinen Brüsten dreht ihren Köper leicht einer Lichtquelle zu, die irgendwo rechts hinter dem Betrachter außerhalb des Bildes liegen muss. Ihr Kopf und ihr linkes Bein liegen jeweils auf den seitlichen Lehnen des Dreisitzers. Ihr rechtes Bein verdreht sie auf die Rückenlehne. Als wäre es ihr unangenehm, die Beine zusammen zu nehmen, als wäre sie dort wund. An den Füßen trägt sie goldene Stiefeletten. Ihr Kopf ist leicht nach hinten über die Lehne in Richtung der Lichtquelle geneigt. Das zerzauste, halblange, schwarze Haar umrahmt ein wunderschönes, engelhaftes Gesicht mit verstörenden Augen und erotisch aufgemalten, schwülstigen, zu roten, grotesken Lippen. Sie wirkt abwesend, in Gedanken, in verstörenden Gedanken. Das Antlitz der Sinnenden wird beleuchtet von dem Licht der rätselhaften Quelle. Ihre rechte Hand fasst sich an die Stirn, als habe sie Kopfschmerzen. Die Geste einer anstrengenden, verwöhnten Frau. Ihr linker Arm fällt vom Sofa auf das dunkle Parkett, wo ihre Hand lässig ein kristallenes Whiskeyglas auf dem Boden umfasst. Ihre laszive und engelhafte Schönheit ist so zerbrechlich und könnte im nächsten Moment in einen hysterischen Zusammenbruch münden. Dekadenz zerbröselt, fällt in sich zusammen, quillt aus den Armlehnen. Sie wirkt so krank, trotzdem möchte man sie berühren, ohne dass sie sich bewegt, eine Regung zeigt. Eine befremdliche Phantasie. Absurd und doch so real, wie das ganze Bild. Die Schönheit so vergänglich. Der Moment so vergänglich, die Geschichte so vergänglich, die Erotik so verschreckend. Wer hat dieser Seele, diesem Fleischstück Leben das angetan. Soviel Leid ohne Sinn. Soviel Schmerz. Dekadenz und das Unvermögen, sich daraus zu befreien, zu fliehen aus dem Bild, aus dem Haus, raus auf die Straße, ins Leben. Zerbrochen, gebrochen, diese letztlich doch ordinäre Existenz am Ende einer Hochkultur.

Zurück in dem kleinen, hellen Wartezimmer, nahe der Bahnlinie der NWB, sitzt die Wartende in der Betrachtung versunken, als sich die Tür öffnet. „So, Frau Weiss, jetzt bin ich soweit. Freu mich, Sie zu sehen." Eine junge Therapeutin streckt der Frau offen lächelnd die Hand entgegen.

„Ach fein." sagt die Angesprochene, langsam aus ihren Gedanken auftauchend. Es ist der Zug um ihre Mundwinkel, der jetzt etwas sehr Trauriges und Verletztes hat, während ihre Augen erwartungsfroh glühen.

Die Frau erhebt sich und folgt der Therapeutin in den Flur. In der Tür dreht sie sich noch einmal um und schaut auf das Bild, als wolle sie Abschied nehmen von einer gefährlichen Liebschaft, von einer fatalen Option. Liebe in Zeiten gepflasterter Hofeinfahrten.

„Ich möchte all dem entfliehen... ", wird sie in zwanzig Minuten, während der Sitzung, in einem anderen Zusammenhang sagen. Dabei wird sie leise anfangen zu weinen. Die Therapeutin wird ihr dann ein Taschentuch reichen und sie damit nicht alleine lassen.

VI.:

Johannes ist Jahrgang 1934 und sitzt an diesem Abend in der Regionalbahn NWB 75609 von Bielefeld nach Osnabrück, die sich über Felder hinweg, zwischen zwei Dörfern bewegt. Johannes sieht für seine einundachtzig Jahre verdammt gut und mindestens 10 Jahre jünger aus. „Das liegt an Lore.", sagt Johannes immer. Lore ist seine zweite Frau und ist fünfundzwanzig Jahre jünger als er. Lore hat ein Glasauge und spielt ziemlich gut Mandoline und Ukulele. Johannes spielt leidenschaftlich Chromatomonica. Es gibt nicht viele, die das können. Zusammen mit einem befreundeten Schifferklavier und einem befreundeten Bass spielen sie Konzerte in Altenheimen, vornehmlich Volksmusik, aber Johnny Cash und Steve Earl kennt Johannes auch.

Jetzt sitzt er mit seine grauen, schulterlangen Haar, dem gepflegten Backenbart, einem rotkarierten Holzfällerhemd und Jeans über den braunen, ausgetretenen Cowboystiefeln in der NWB und will nach Sutthausen, um einen alten Freund, einen Töpfer, zu treffen und ein, zwei kleine Bier zu trinken. Getrunken hat er schon genug in seinem Leben, sagt Johannes immer.

Er weiß, dass das Wetter nicht so schön bleiben wird, denn seine beiden künstlichen Kniegelenke schmerzen. Überhaupt fühlt er sich die letzten Tage nicht so richtig fit. Er hat von seiner Schwester geträumt, die er schon seit fast zehn Jahre nicht mehr gesehen hat. Sie hatten sich gestritten, darüber, dass er sich von einer zwanzig Jahre jüngeren Frau einwickeln lässt. Seit dem Traum ist er fahrig und muss viel an früher denken. Bilder tauchen auf und verschwinden wieder. Den ganzen Tag Bilder. Bilder, die ihm schon ewig nicht mehr ins Bewusstsein gekommen waren. Jetzt schwappen sie ans Licht, völlig ohne Ordnung und Sinn:

Ein Schwein, frisch geschlachtet, so frisch, dass es in der Mitte eines mit Plane überzogenen Leiterwagens noch ausblutete, während die Flucht vor den Russen begann. Das Schwein war ein Geschenk an seine Leute und nicht in erster Linie als Proviant gedacht, sondern als Währung. Der Plan ging auf. Sie fanden ihren Platz im Track hinter einem Marketenderwagen und Waren sowie Schweinefleisch wechselten beständig hin und her. Johannes war zehn und dachte, er hätte Glück gehabt.

Seine Oma, wie sie ihm, mit der an die Tür genagelten Zunge den Rücken zuwandt, erbärmlich wimmernd, mit aufgerissenem Kleid, das Haar zersaust, der langbeinige Schlüpfer in den Kniekehlen. Es roch nach Schweiß und Pippi, kurz danach. Die Russen hatten sie genommen. Es wurde ihm gegenüber kein Wort über das Gesehene gesprochen. Johannes war 11. Sie waren nicht weit genug geflohen, nur bis an die Ostsee, auf die Höhe von Wismar.

Von Wismar in die Nähe von Osnabrück ist als erster der Vater geflohen. Johannes ist dann mit seiner Mutter und der kleinen Schwester hinterher, die Oma haben sie zurückgelassen.

Als sie beim Vater im Auffanglager ankamen, war es vier, fünf Uhr in der Früh, Spätsommer. Sie waren völlig übermüdet und hungrig. Drei Tage und Nächte hatten sie gebraucht, die Sachen nicht gewechselt. Johannes erinnert sich daran, wie klebrig und schmutzig er sich gefühlt hat, erschöpft. Wie sie sich gefreut haben, als sie endlich in diesem komischen Harderberg bei Osnabrück ankamen.

Erstmal mussten sie warten. Johannes und seine Schwester sind sofort auf der Pritsche des Vaters eingeschlafen. Als sie nach ein paar Stunden wieder wach wurden, weinte Mama und Papa schaute ganz ernst. Johannes war 11 Jahre alt und nur für seine Mutter und die Schwester gab es noch einen Platz im Lager. Für Johannes gab es keinen Platz. Ihn haben sie mit 5 Mark zurück zur Oma nach Wismar geschickt, ganz allein. „Wir holen dich zurück, sobald wir hier raus sind", hatte der Vater gesagt und ihn liebevoll auf den Kopf geküsst, „mein großer Junge."

10 Tage hat er gebraucht. Mit dem Zug nach Hamburg, einen Brief an den Schwager der Oma in der Tasche. Er solle sich durchfragen. Die Adresse stand groß auf dem Umschlag. Dann mit einem Treck nach Lübeck und von da aus zu Fuß, quasi immer die Ostsee entlang. Johannes kann sich einzig an den Hunger und das Wetter erinnern. An das andere möchte er sich gar nicht erinnern. So sagt er es immer, seitdem er 11 war.

Das kleine Schlafzimmer. Anfang Januar holten ihn seine Eltern im Zuge der Familienzusammenführung zurück. Sie hatten gegen Kost und Logis Arbeit bei einem großen Bauern im Münsterland gefunden. Johannes war froh, von der Oma wegzukommen. Sie hatte den Überfall der Russen nie wirklich verkraftet. Selbst die Nachbarn in Wismar meinten, sie benehme sich sonderbar. Johannes war jetzt zwölf.

Es war Winter. Die Wohnung, die man seiner Familie zugewiesen hatte, war ein 18 qm großes Zimmer. Wieder gab es für Johannes keinen Platz zum Schlafen. Diesmal auch für seine Schwester nicht. Die war 10 Jahre alt. Jeden Abend mussten sie um kurz nach sechs (Johannes wird die Uhrzeit nie vergessen) zum benachbarten Bauernhof aufbrechen. Hand in Hand legten sie die zwei Kilometer zurück. Man hatte ihnen dort eine Schlafkammer organisiert, einen mäßig umgebauten Schweinekoben, unbeheizt. Oft haben er und seine Schwester in all ihren Sachen geschlafen, weil es so kalt war.

Spätestens um sieben mussten sie in ihrer Kammer sein. Dann wurde der große, scharf gemachte Hofhund auf die Tenne gelassen und sie konnten und durften ihren Koben nicht mehr verlassen bis morgens um fünf. Manchmal musste einer von ihnen Pippi. Dafür hatten sie eine Schüssel. Dann schnüffelte und knurrte der Hund vor der Tür des Stalls.

Mit 14 begann Johannes eine *Malerlehre* in Holzhausen. Das Bild, was ihm im Kopf geblieben ist, ist der Schäferhund des Meisters, der mit in der Küche essen durfte, während Johannes seine Mahlzeit in der Werkstatt bekam, auch sonntags. Der Meister war ein Schwein. Einmal schickte er den Lehrling mit einem hölzernen Stoßkarren in das 25 km entfernte Schledehausen, mitten im

Wiehengebirge. Vier 20 Litereimer Farbe hatte er auf der Karre. Abends sollt er wieder zurück sein. Johannes hat das gemacht und ist danach gegangen.

Jetzt sitzt er hier in diesem Zug. Weit mehr als ein halbes Jahrhundert ist vergangen. Johannes macht es nervös, dass ihn die alten Geschichten in den letzten Tagen so oft einholen.

VII.:

Worte wie 'Maden', 'Weltflucht' und 'Gewalt',
Zeiten, wie vorgestern, gestern, heute und morgen,
und Orte, wie hier, dort und irgendwo,
müssen im Strudel der Welt durcheinander geraten sein:

Der Madenwurm ist der weltweit verbreitetste Eingeweidewurm und einer der häufigsten Parasiten. Bei jedem Atemzug strömt Luft durch die Bronchien in die Lungenflügel. Qualität bedeutet somit Funktionalität.

Es ist nicht auszuschließen, dass der nächste Angriff ihr Haus treffen könnte. Seltener kommen Fremde zu Besuch.

Was ein Mensch dabei verliert, ist nicht nur sein materielles und soziales Fundament,
sondern jede Form der 'Bezogenheit'.

Trotzdem liest irgendwo irgendwer einem Kind eine Gute-Nachtgeschichte vor, in der Gut und Böse deutlich erkennbar sind. Er will das Kind damit stärken, für das Leben.

Millionen von Lungenbläschen tauschen Kohlendioxid aus dem Blut mit frischem Sauerstoff. Qualität ist hier ein Versprechen. Der Notstand ist ausgerufen und Grenzkontrollen sind angeordnet. Gut und Böse sind kaum zu unterscheiden.

Als Bleibeperspektive bleibt die Idee der Selbstbestimmung.

'Selbstbestimmung' aber bedeutet nicht, sich an das anzupassen, was ist, sondern 'Selbstbestimmung' lebt von der Gegenwart eines Gegenübers, der den Kontext, aber auch die Grenze dafür bildet, welche Beziehungen dieses „Selbst" zu knüpfen imstande ist.

Das ist von einer der ersten echten, erfassten Maden namens Kant.

Die Männchen der Maden messen 2 bis 6 Millimeter, sind am Ende abgestutzt und tragen ihren Schwanz eingerollt. Das Weibchen ist auf Grund ihres spitzen Hinterendes vom Männchen unterscheidbar.

Irgendwo ist irgendwer an irgendeinem besonderen Platz und betet zu irgendeinem besonderen Gott für Gerechtigkeit. Er fühlt sich damit ganz.

Beim Beten ziehen sich die Atemmuskeln zusammen, hebt und weitet sich der Brustkorb, die Lungen werden gedehnt. Qualität sollte dabei Kontinuität aufweisen.

Solche kulturellen Zusammenhänge sind unverständlich, meist sogar gegensätzlich. Es bleibt einzig die Hoffnung, sich selbst zur Heimat zu werden.

Doch hilft irgendwo irgendwer irgendeinem, irgendwie in Frieden zu sterben. Dies scheint eine große Gnade zu sein.

Es könnte ebenfalls eine Gnade sein, ein Mensch zu sein.

Ein Mensch ist allem voran ein Mensch, und das ändert sich auch nicht. Es ist für sein Sein wesentlich, nicht von ihm abtrennbar, und darum geht diese Eigenschaft allen anderen variablen Eigenschaften voraus: Mensch sein.

Ähnlich wie der Mensch saugen Maden sich fest und bilden mit ihrem Wirt eine Fressgemeinschaft. Jede Made ein Fremder, bestenfalls ein Gast, ein Bündel auf dem Rücken, einen Koffer in der Hand. Weltflucht. Weltkrieg.

Terror will nicht nach Raum greifen, er will das Denken besetzen und Veränderungsprozesse erzwingen. Mehrere Explosionen erschütterten die Umgebung eines Fußballstadions. Die Qualität der Gewalt steht an der Schwelle zum Luxus.

Deshalb machen irgendwo irgendwelche Menschen zusammen Musik und bringen damit zumindest die Herzen der Aktiven in Einklang.

Es bilden sich Orte der Verlässlichkeit und Vertrautheit. Solcherlei Fettwachs bildet sich unter längerem Luftabschluss, wenn Körperfett verseift. Das zieht die Maden an und wenn sie sich satt gefressen haben, dann wandern sie ab. Wohin? Man spürt eine gewisse Ausweglosigkeit der Entscheidung.

Überall packen irgendwelche Menschen irgendwelche Sachen, hier und dort.

Bei all dem, was sie aufgeben, haben sie noch genug Zukunft vor sich, getragen von Unsicherheit und Angst. Möglicherweise finden sie hier und dort keinen stabilen Rahmen für das, was die Idee eines mündigen Wesens ausmacht. Das irritiert.

Terrorismus ist somit primär eine Kommunikationsstrategie.

Deshalb sollte das Streben nach Qualität uns selbst nach wie vor als Maßstab für unser Tun gelten.

Bei unserer Ernährung machen wir das ja mittlerweile auch.

So geht irgendwo in Deutschland irgendwer zum Arzt und liest dort in einer Zeitschrift für integrierte junge Frauen namens GoFeminin '10 Dinge, mit denen Sie jeden Tag die Welt ein klein bisschen besser machen', dies unter der Rubrik 'Liebe und Psychologie'.

1. Jeden Tag eine gute Tat vollbringen.
2. Mehr lächeln
3. Einkaufsbeutel mit zum Einkaufen nehmen
4. Nicht jeden Tag Fleisch essen.
5. Keine Lebensmittel wegwerfen
6. Öfter zu Fuß gehen oder das Rad nutzen
7. Müll in den Mülleimer werfen
8. Stecker ziehen statt Stand-by
9. Wasserhahn beim Zähneputzen zudrehen
10. Organspendeausweis besorgen und immer bei sich tragen.

Madentauglich. Das kriegen wir hin. Dagegen kann keine Made etwas sagen.

VIII. :

Zuerst kam die Meldung über Funk in den Polizeiwagen 49. Den Bruchteil einer Sekunde später erschien sie auch auf dem Display, zwischen den beiden Beamten.

„Achtung! An alle Einsatzkräfte! An der

Regionalbahn NWB 75609 von Bielefeld nach Osnabrück hängt ein Schwarzfahrer, vermutlich Asylbewerber, am hinteren Ende. Möglicher Zugriff: Bahnhof Sutthausen in Minuten: Zwei. Sekunden: Zwei, acht."

Im Einsatzfahrzeug 49 der örtlichen Polizei sitzen zusammen 30 Jahre Diensterfahrung. 29,5 Jahre davon entfallen auf Dieter Weber, 52 Jahre alt, zufrieden verheiratet, 3 Kinder.

0,5 Jahre entfallen auf Josef Probst, 19 Jahre, frisch ausgebildet und sonst nichts. Ein Kind seiner Zeit.

„Wagen 49 hier. Wir kommen aus Hasbergen und schaffen es in Maximum, zwei Minuten zum Sutthauser Bahnhof." Während Weber sich bei der Zentrale meldet, schaltet Probst das blaue Rundumlicht ein. Es ist wenig Verkehr.

„Alles klar, ihr seid dran. Verstärkung kommt. Viel Erfolg." die Rückmeldung aus der Zentrale, über die Lautsprecher.

„Scheiße, *diese Freaks* sind drauf. Wie kommt man auf so ne verkackte Idee?", Probst zieht sich auf dem Beifahrersitz gerade, bringt Spannung in seinen Körper.

„So! Jetzt mal Ende im Gelände hier", Weber, sehr ernst und deutlich,"Herr Kollege! Wir machen das hier jetzt ganz, ganz entspannt. IST DAS KLAR? Es geht um eine FESTNAHME, junger Mann. Ich sag dir: Wenn die Zielperson weg läuft, läuft sie halt eben weg. KLAR. Kein Stress, keine Action. Das hat alles nichts mit dir und mir zu tun."

Sie rasen mit 120 Sachen über die Landstraße. Eine Gerade, ca. 500 Meter noch zum Bahnhof.

Probst versteht:"Alles klar."

Ohne große Gefährdung der Straßenverkehrsordnung erreicht der Wagen 49 den Parkplatz des Bahnhofs. Unverzüglich sprinten die Beamten Weber und Probst ein paar Stufen hinauf zum einzigen Bahnsteig dieses kleinen Vorstadtbahnhofs. Keiner, der wartet.

„Los, du 'rüber auf die andere Seite!", die Anweisung ruhig und bestimmt von Weber.

Probst reagiert sofort und sprintet quer über die Schienen, auf die andere Seite des kleinen Bahnhofs.

„Wenn der 'ne Waffe hat, gehen wir 'nen Kaffe trinken. Ist das klar?", Weber brüllt. Er will verstanden werden.

Noch ist die Bahn nicht zu hören. Nur ein paar Vögel schnalzen und zwitschern. Ein schöner Sommerabend, einer der wenigen dieses Jahr. Ideal, um mit ein paar Freunden den Grill anzuwerfen.

Irgendwo in der Ferne ist ein weiteres Martinshorn zu hören und der Zug. Immer lauter, lauter, zuerst ein Zischen, das immer deutlicher wird, bis irgendwann das sonore Brummen des Dieselmotors hörbar wird und sich akustisch unter das Zischen schiebt.

Auf beiden Seiten der Gleise im Bahnhof bewegen sich Weber und Probst fast synchron in winzig kleinen Schritten auf die Stelle zu, wo sie letztlich das Ende des Zuges vermuten, wenn er dann mal kommt. Zischen und Brummen ist bereits gut zu hören. Der Zug, hinter einer Kurve noch nicht zu sehen. Beide öffnen die Verschlüsse ihrer Pistolentaschen, lassen die Waffen jedoch stecken.

Der Zug fährt ein. Bremst behäbig ab, genau so, wie er es immer tut, kommt zum Stehen.

Weber und Probst haben sich entsprechend der Bremsbewegung in einer langsam Drehung mit dem einfahrenden Zug halb um ihre Achse gedreht und blicken nun, kurz hinter dem Ende stehend, äußerst angespannt auf den armen Mann mit farbiger Hautfarbe, der sich da verzweifelt, auf der Kupplung stehend, an das hintere Ende der Bahn klammert. Die Hände der Polizisten, an ihren Halftern.

Webers Körperspannung lässt ein wenig nach. Probst wirkt hibbelig.

Während Weber sich langsam auf dem Bahnsteig auf die Höhe des armen Teufels zu bewegt, spricht Probst ihn laut und deutlich an.

„Hallo! Geht es Ihnen gut? Bitte kommen Sie langsam von dem Zug herab und nehmen sie dann LANGSAM die Hände über den Kopf."

Der Mann klammert sich weiter unverändert mit aller Kraft an den Zug. Er blickt die Polizisten nicht einmal an, so als wären sie gar nicht da. Vergräbt sein Gesicht zwischen den klammernden Fäusten.

„Ich glaub', der versteht dich nicht.", Weber zu Probst.

„Hello Sir. We are the police.", probiert er es ungeübt auf Englisch.

„Are you all right? Please leave the train slowly and put your hands up."

Keine Reaktion vom Ende der Bahn. Der junge Mann, in weißen Turnschuhen, Jeans und einem grauen Sweater mit aufgesetzter dunkelblauer Steppweste, klammert sich wie manisch an den metallenen Koloss.

„Du kannst ja Englisch, Weber", scherzt Probst, jetzt ein wenig entspannter, "Sollen wir zugreifen?".

„Weiß nich'. Wo die anderen nur bleiben?" Weber zieht die Nase hoch. Das Martinshorn ist nicht mehr zu hören. „Wir können ja mal weiter versuchen, freundlich Kontakt aufzunehmen."

Weber wuchtet sich vorsichtig, ohne den Fremden aus den Augen zu lassen vom Bahnsteig in das Gleisbett. Probst schließt auf Webers Höhe auf. Beide nähern sich nun von hinten, je links und rechts des Schienenpaares, dem armen Teufel. Noch sind es fünf bis sechs Meter. Sie bemerken, dass der Arme leicht zittert.

„Du nicht!", Weber, klar und streng zu Probst, während er seine Waffe zieht.

„Hello ! Are you allright ?", wieder Weber.

Weber verlangsamt seinen Schritt und weicht ein wenig zur Seite aus. Probst geht jetzt langsam vor und Weber kann ihn seitlich von hinten schützen. Der junge Mann tut immer noch so, als gäbe es die Polizisten gar nicht.

„Hey! Talk with us!", ein hilfloser weiterer Versuch von Weber.

Keine Reaktion vom Angesprochenen. Erst als Probst auf drei bis vier Meter ans Ende des Zuges herangekommen ist, geht plötzlich ein Ruck durch den Körper des Fremden. Mit einem überraschenden Druck dreht sich der junge Mann um und springt behende auf Probst zu. Ein gellender Schrei klingt wie das Quietschen einer Gabel auf einem Teller in der Stille des kleinen Landbahnhofs.

Später wird Weber es in seinem Bericht kaum hintereinander kriegen, so schnell geht plötzlich alles. Weber hat nicht mal Zeit „Scheiße!" zu brüllen, geschweige denn „Hände hoch, oder ich schieße." Was ja auch egal gewesen wäre, weil er sowieso nicht verstanden worden wäre.

Probst braucht auf alle Fälle nur eine Zehntelsekunde, um die Situation und den Angriff zu erfassen. Eh schon bereit und unter voller Körperspannung kostet es ihn einen Krav-Magar-Griff und der unerfahrene Gegenüber kniet im Kies und hält sich die offensichtlich schmerzende Schulter.

Während Probst doch noch ein wenig über sich staunt, klicken schon Webers Handschellen um die Gelenke des Schwarzfahrers. Aus dem Zug erklingt gedämpfter Beifall, von einigen Passagieren des Zuges, die nicht aussteigen durften und durch die hinteren Fenster zugesehen hatten.

„Und was passiert jetzt mit dem Spinner ?", fragt Probst.

Coda :

In unserem Multiversum, der Gesamtheit aller Parallelwelten, ist eine denkbare, mögliche Welt folgende:

Ungefähr ein halbes Jahr später, es ist Mitte Februar, sitzen die Protagonisten dieses Textes zusammen in der Finnensauna der städtischen Badeanstalt, ohne sich wiederzuerkennen und ohne um ihre Verbindung, an jenem frühen Abend im Sommer zu wissen.

In dem kleinen vertäfelten Raum steht ein großer, mit groben Blöcken gemauerter Kamin, in dem ein anständiges Feuer brennt. An zwei Seiten des Raumes ziehen sich Holzbänke um die Ecke. Es gibt eine untere und eine obere Reihe. An der letzten Seite des Raumes gibt ein großes Fenster den Blick frei in die triste Abenddämmerung. Man sieht den ein oder anderen Besucher auf den kleinen Kieswegen allein oder zu zweit im Garten lustwandeln. Überall stehen vereinzelt vom Sommer übrig gebliebene Liegestühle. Springbrunnen plätschern.

Die neun Personen in der Finnensauna schauen alle auf die lodernden Flammen im Kamin: Auf der oberen Bank, an der kurzen

Seite der Sauna sitzen Amaru und der junge Polizist Probst, der harmlose Spinner aus dem Dorf, der hier auch als Kassierer arbeitet, belegt zusammen mit dem Afghanen Abadey und der Syrerin Roya die obere Reihe der Längsseite. Birgit Emilie Walderstein liegt ausgestreckt auf der unteren Bank der kürzeren Seite, Johannes, der Alte, sitzt in der Ecke unten und wischt sich den Schweiß von der Stirn. Frau Weiss aus dem Wartezimmer und der Polizist Weber teilen sich mit viel Platz zwischen sich die untere Bank der Längsseite.

Alle schauen still weiter den Flammen bei ihrem wilden Tanz zu. Die entblößten Körper lassen ihre Träger alle Waffen strecken. Sie haben alle eine gemeinsame Idee von Entspannung, teilen einen intimen gemeinsamen Moment.

Das Thermometer steht bei gut 90 Grad und auf den einzelnen Körpern bildet sich ein erster feuchter Film. Johannes und der Polizist Weber schwitzen ein wenig schneller als die Übrigen. Auf Johannes Stirn und auf dem Oberkörper des Polizisten bilden sich bereits nach wenigen Minuten kleinste Rinnsale kleinster Perlen. Birgit Emilie Walderstein schließt die Augen. All die unterschiedlichen, sich fremden Körper in dem kleinen Raum zeigen dieselben physiologischen Reaktionen. Der Puls erhöht sich, genauso wie das Herzschlagvolumen. Ab und an keucht jemand. Bei jedem einzelnen Herzschlag, egal von wem in der kleinen Versammlung, wird mehr Blut als sonst durch die Adern gepumpt und die Gefäße aller Anwesenden weiten sich. Muskulatur entspannt sich. Der junge Probst streicht schwer ausatmend über seine Oberschenkel. Mittlerweile schwitzen alle so stark, dass die Luft feuchter wird. Es wird heißer. Adabey fragt die anderen nach einem Aufguss. Da alle in ihrer Nacktheit zustimmend murmeln und nicken, erhebt sich der Afghane und gießt mit einer hölzernen Schöpfkelle drei Kellen Wasser über die heißen Steine neben dem Kamin. Alle atmen schwer oder stöhnen. Die Hitze brennt auf der Haut. Es dauert einen Moment, bis vermehrte Feuchtigkeit auf der Epidermis das Brennen ausgleicht. Das Thermometer erreicht fast die hundert Grad. Die Schleimhäute aller anwesenden Atemwege strotzen vor Durchblutung. Schweiß tropft in dicken Perlen von Nasenspitzen oder rinnt in kleinen Vertiefungen die Körper hinunter. Anstrengung steigert sich. Die Hitze fordert die Körper.

Als erstes verläßt Johannes nach ca 12 Minuten still seinen Platz, um den kleinen Raum zu verlassen. Er hat genug von der Anstrengung und muss sich nichts mehr beweisen. Ein paar Minuten später erhebt sich Frau Weiss. Sie ist sehr darauf bedacht, ihren immer noch sehr attraktiven Körper schnell mit dem Saunahandtuch zu bedecken.

Geschickt steckt sie das umgewundene weiße Handtuch oberhalb ihrer Brüste fest und grüßt selbstbewusst lächelnd die noch Anwesenden beim Verlassen der Sauna. Fast gleichzeitig verlassen dann die Syrerin und Frau Walderstein den heißen Ort. Roya mit einer unglaublichen Gelassenheit, bedacht in jeder einzelnen Bewegung. Eine Frau, die so viel erlebt hat, dass sie in diesem Land nichts mehr aus der Ruhe bringen kann. Der Gegensatz zu Frau Walderstein könnte nicht größer sein. Sportlich, tatkräftig und ohne Scham ob ihrer Nacktheit, das Handtuch lässig über die rechte Schulter geworfen schlüpft sie in ihre Badelatschen vor dem Fenster. Ihre Energie reicht fast jeden Tag dazu einen guten Moment zu gestalten.

Nach weiteren zwei, drei Minuten verlässt der ältere Polizist Weber in Gott ergebener fülliger Blöße schlurfend die Kammer, ein braver Mann. Abadey folgt ihm. Ein erfahrener Krieger, den das Leben nicht untergekriegt hat. Erhobenen Hauptes bewegt er sich zur Tür. Im Moment gibt es nichts für einen Krieger zu tun. Viel mehr will er jetzt auch gerade gar nicht. Es ist ein guter Moment.

In der heißen Kabine sitzen jetzt noch die beiden jungen Männer Probst und Amaru mit dem Spinner aus dem Dorf.

Die beiden jungen Männer haben noch eine

Menge Zukunft vor sich, wobei Amaru ein klein wenig mehr von den Möglichkeiten ahnt als Probst, nicht zuletzt, weil er seit vorgestern weiß, dass er Vater werden wird. Probst denkt immer noch über nichts nach und nimmt die Dinge, wie sie kommen. „Kein' Plan" nennt man das in dieser Zeit.

Der Spinner aus dem Dorf wird später in seinem Blog posten, dass man die Rechnung über Sinn und Unsinn, Leid und Glück in einem Leben erst am Ende abschließend aufmachen kann. Keinen Moment früher und vor allem jeder für sich allein.

Dieser triviale Post wird ihm 768 Favs und drei neue Buddys einbringen, Zuckerbrot einer seltsamen Kultur.

Jetzt gerade jedoch steigt der Schreiber die kleine Leiter in ein Tauchbecken hinab und genießt den einzigartigen Moment, in dem sein heißer Kopf in der Kühle des Eiswasser verschwindet.

Danke schön

*an Elki für Korrekturen,
Anregung und Raum*

Dezember 2015

www.der-sauer.de